타블로 소설집

# 당신의 조각들

NOWHERE IN NEW YORK
+ 10 PIECES 1998-2001

사랑하는 부모님에게

그리고

스무 살의 뜨거운 바람을 함께 맞지 못한
故 윤상호와 故 박준석
그리운 내 친구들에게 이 책을 바칩니다.

　　　　1998년부터 2001년 사이에 뉴욕, 샌프란시스코, 시카고 등지에서 썼던 단편들 중 열 편을 여기 이 소설집에 담았다. 주로 다양한 인물들과의 대화나 특별한 인터뷰를 통해 그린 한 도시의 이야기들이다. 실화적인 요소들도 존재하지만 모두 픽션들이고, 설정된 시대는 광범위하며, 모두 뉴욕에서 일어나는 이야기들로 설정되어 있지만 사실적인 뉴욕보다는 뉴욕이란 이름의 가상 도시에서 벌어지는 상황들로 녹였다.

　　　　오래 전, 영어로 썼던 원문을 한국어로 직접 번역했다. 'Lost in translation'이란 말이 있듯이 언어와 문화적인 차이로 인해 어쩔 수 없이 희생된 언어들이 있었고 그러는 사이 새로 찾게 된 우리 언어들도 있었다. 영어 문장에 비해 우리 문장이 미숙해서 조금 걱정되기도 하지만 최대한 원문을 그대로 전달하려고 노력했다.

　　　　10대의 끄트머리와 20대의 시작 지점에 썼던 글들을 20대를 보내며 정리하는 일은 참 묘하다. 번역을 하고 퇴고를 하면서, 이 글들을 썼던 당시보다는 조금 성숙해진 내가 그때의 나를 이렇게 저렇게 타일러주고 싶기도 했고, 보듬어 안아주고 싶기도 했다. 아름다웠던 만큼 슬펐던, 슬픈 게 아름다움이라고 생각했던 날들. 그때와 많이도 멀어진 지금, 어떻게 보면 나는 여전히 제자리다.

　　　　　　　　　　　　　　　　　　　　　　　　타블로

10 안단테
  Andante

50 쉿
  Counting Pulses

98 휴식
  Break

104 쥐
  The Rat

158 성냥갑
  Matchbox

 172　승리의 유리잔
···· A Glass of Victory

 192　우리들 세상의 벽
···· The Walls of Our World

200　증오 범죄
···· Hate Crime

 218　최후의 일격
···· Coup de Grace

 262　스트로베리 필즈 포에버
···· Strawberry Fields Forever

## 안단테

### Andante

I always make sure there's an opening in the room—
an inch at the door, or maybe even at the window.

나는 침실에 틈이 있는지 항상 확인하곤 한다. 문을 열어놓거나 창문을 열어놓아 미세한 틈이라도 만든다. 할머니는 사람이 잠을 자다 죽으면 영혼이 빠져나갈 곳을 찾는다고, 출구가 없으면 영원히 방 안에 갇혀버리게 된다고 말씀하셨다.

일 년 전, 어느 잠 못 들던 밤, 방문 밖에서 소리가 들려왔다. 무시해도 좋을 만큼 희미한 소리였지만 한번 들려온 소리는 계속해서 내 내면을 파고들었다. 슬픈, 고장 난 소리. 나는 동이 터올 때까지 잠을 이루지 못했다. 더이상 그 소리가 들려오지 않자, 난 그 소리를 마음으로 듣고 있었음을 깨달았다.

결국, 방문을 여며 닫을 수밖에 없었다.

　　　　　🌑 🌒 🌓 🌔

금요일에는 온종일 비가 내렸다. 질서 따위는 관심조차 없는 파리떼 같은 뉴욕의 운전자들, 그들로 가득한 시내에서 엄청난 장대비를 헤치고 집까지 운전해 오는 일은 고역이었다. 손상된 차 범퍼를 손보는 데 아마 오십 달러는 들 것이다. 내 차를 들이받은 택시 기사의 지랄 같은 성질 때문에 사실 내 귀가 더 큰 손상을 입었다.

집에 도착할 무렵, 빗줄기는 가랑비로 잦아들었다. 건조대에 옷을 던져두고는 거실에서 물 한 잔을 마시는 동안 커피 테이블 위에 놓여 있던 책을 생각 없이 들쳐보았다. 브뤼겔. 이카로스의 추락이 있는 풍경. 책을 덮었다. 마지막 한 모금을 마시고 침실로 가 쓰러지듯 침대에 몸을 뉘었다.

창문을 조금 열어두었다. 빗소리를 듣고 싶어서. 아무리 피곤해도 집에 돌아오면 잠이 오지 않는 기이한 현상. 한 시간 남짓

누워 눈을 감고 있었지만, 잠은 오지 않았다. 작은 빗방울들이 내 이마 위로 떨어져 산산이 부서지는 상상을 해보았다. 곧 평온 같은 무언가가 느껴졌고, 생각들이 침대 시트 위로 가라앉기 시작했다.

   그러자 그 목소리가 다시 들려왔다. 그건 분명 목소리였다. 문이 닫혀 있었지만, 그 소리는 빗소리마저 뚫고 들려왔다. 잠시, 상상이라고 생각했다. 내가 상상하고 있는 것이기를 바랐다.

   천천히 일어났다. 커튼을 걷어올리고 작은 거미들처럼 유리창에 모여든 빗방울들을 바라보았다. 빗물 한 방울이 매끈한 유리면을 타고 천천히 기어내려와 창틀에 닿자마자 흔적 없이 사라졌다. 내일은 또다시 축축한 아침. 난 몸을 돌려 책상 위의 할로겐 램프를 켜고 슬리퍼를 신었다. 불빛은 침대맡 작은 테이블 위에 놓인 액자를 비추었다. 흑백 사진. 턱시도를 입고 있는 아버지와 미소 짓고 있는 어머니. 젊음을 몸에 두른 두 사람의 모습이 내게는 너무도 낯설어 보였다.

   안마당에서 들려오는 소리라고 생각했다. 문을 조용히 닫고 방에서 나와 현관으로 가봤지만 신발들은 모두 제자리에 있었다. 아버지의 묵직한 검은색 레인 부츠도 있었다. 부츠는 젖어 있지 않았다.

소리는 복도를 따라 몇 걸음 떨어진 거실에서 들려오고 있었다. 아버지의 목소리. 나는 그 소리를 무시하고 내 방으로 돌아가 다시 빗소리를 듣고 싶다는 생각이 들었다. 그러나 나도 모르게 그 소리를 따라가게 되었다.

복도는 한때 어머니의 자랑이었다. 어머니는 남편과 아들의 천재성을 과시하는 성소 같은 그 복도를, 애정을 담아 '미시마 명예의 전당'이라 불렀다. 나는 늘 복도 양 벽면을 가득 메운 액자 속의 사진들과 상패들, 신문기사 스크랩들이 오로지 남의 시선만을 위한 것이라고 생각했다. 집에 친구들을 데려와 함께 복도를 지나갈 때면 조금 민망했다. 어차피 고등학교 상급생이 된 이후로 나는 매우 바빠졌고, 집에 찾아오는 사람들의 시선을 신경 쓰지 않게 되었지만. 요즘은 그 복도에 빛이 들어오는 일도 좀체 없었다.

아버지는 거실에 깔아놓은 매트 위에 혼자 앉아 있었다. 어둠 속에 세워놓은 대리석 조각상처럼. 밤의 희미한 빛이 아버지의 실루엣을 더욱 단단하게 보이게 했다. 나는 복도 벽 뒤에 몸을 숨긴 채 아버지를 조용히 바라보았다. 내가 찾고 있던 소리가 야구경기 하이라이트가 방영되고 있는 TV 소음이라고 생각했는데, TV는 음소거 상태였다. 아버지는 잊혀진 연극의 독백 장면처럼, 보이지 않는 관객에게 손짓하듯 한 손을 들고 낮은 소리를 내고 있었다.

나는 그저 말없이 그곳에 서서, 혼잣말을 하는 아버지를 한 시간 넘게 지켜보았다. 아버지가 뭐라고 하는지는 알 수 없었다. 알고 싶지 않았다.

⁂

내 생의 가장 아름다운 피아노를 기억한다. 물론 우리 집에도 멋진 피아노가 있었지만, 도쿄 분카카이칸 홀에 있던 새하얀 스타인웨이하고는 비교도 되지 않았다. 거대한 백조. 뚜껑은 웅장한 날개처럼 하늘을 향해 들려 있었고, 가느다란 다리는 눈처럼

하얀 본체를 최선을 다해 우아하게 떠받치고 있었다.

여섯 살이었던 나는 모차르트를 온전히 이해하기에는 너무 어렸지만, 피아니스트가 음을 휘저으며 연주하는 모습을 경외에 찬 눈으로 바라보았다. 그러나 내게 가장 선명하게 남아 있는 기억은 무대 위에 벌어졌던 장면만이 아니었다.

내 자리에서 옆으로 네 칸 떨어진 곳에 앉아 있던 자그마한 할머니를 기억한다. 어쩌면 꼽추여서 그랬는지도 모르지만 그녀는 몸을 한껏 앞으로 기울이고 있었다. 음악에 몸을 던지고 싶었던 건지, 아니면 단순히 조금이라도 그 흰 피아노를 더 잘 보기 위해서 그랬던 것인지. 그녀의 하늘색 기모노. 낡은 일본 인형에 젊음을 불어넣어주려는 듯 바다처럼 푸르른 비단으로 만들어진 그 기모노는 그녀의 몸을 정성스럽게 감싸안았다. 첫 음이 연주되자, 그녀는 아몬드 같은 두 눈을 감았다. 그때 나는 보았다. 인조 가죽 같은 그녀의 얼굴이 환하게 빛나며 그녀의 미소가 뺨에 작은 주름을 만드는 것을. 음악은 눈으로도 볼 수 있다는 걸 깨달았다. 그녀는 다시는 눈 뜨지 않았다. 박수를 칠

때도, 모두가 객석을 떠날 때도.

 기립박수를 치는 관중을 향해 인사하는 검은 턱시도 차림의 아버지를 자랑스럽게 느꼈던 것으로 기억한다. 눈물을 가득 머금은 어머니는 자신의 어깨 위로 나를 들어올렸다. 아버지는 미소를 보냈다. 어쩌면 나를 향해, 어쩌면 어머니를 향해, 혹은 푸른 기모노를 입고 앉아 있는 그 말없는 할머니를 향해. 그때 나는 난생처음 위대함이라는 것이 무엇인지 이해한다고 느꼈다.

🍂🍂🍂🍂

 토요일 아침, 침대가 아닌 복도에서 일어났다. 아버지를 지켜보다가 잠이 들었던 것이다. 순간 걱정이 먼저 들었다. 아버지가 슬리퍼를 신은 채 나무 바닥에 널브러져 있는 나를 본 건 아닌지. 묘한 죄책감이 들었다. 나는 몸을 일으켜 거실을 찬찬히 살폈다. 텔레비전은 여전히 켜져 있었지만, 아버지가 앉아 있던 매트는 비어 있었다. 밖에는 여전히 비가 내리고.

 "늦게까지 TV 봤니?" 어머니가 방에서 나오며 물었다.

어머니는 아침이면 늘 눈을 침침해했다. 지난 몇 년 동안 세월은 어머니를 꽤나 소진시켰다. 나는 매트를 다시 한번 쳐다보면서 머뭇거리다가 고개를 끄덕였다.

"뭐, 주말이니……"

어머니는 억지스레 미소를 지어 보이곤 부엌으로 향했다.

"아버지는 어디 계세요?" 내가 물었다.

어머니는 나를 쳐다보지 않고 눈을 바닥으로 내리깔며 몸을 돌렸다. 나는 내 검지손가락의 은반지를, 어머니는 매트 위에 있는 시계를 바라보았다. 어머니는 안경 없이는 잘 볼 수 없었다.

우리는 같은 감정 속에 갇혀서, 누구도 먼저 반응을 보이지 못하고 있었다. 어머니는 고개를 들었다.

"산책. 아버지는 산책하러 나갔다."

"혼자서요?"

고개를 끄덕이며 부엌으로 향하는 어머니의 뒷모습을 나는 애써 쳐다보지 않으려 했다.

🌑 🌒 🌓 🌔 🌕

 아버지는 내가 귀를 통해 걷는 법을 익혔다고 말하곤 했다. 어느 날 밤, 아버지는 아기인 나를 피아노 위에 올려놓고, 천천히 연주하면서 다양한 음들이 내 몸에 부드럽게 전해지도록 했다. 나는 피아노의 검은 껍질 위에서 작은 날개를 퍼덕이던 새. 아버지의 안단테에 맞추어 걷는 법을 배웠다.

 내 열여덟 생일날, 아버지는 내게 산책하러 가겠냐고 물었다. 무슨 이유에선지 그때 나는 아니오, 라고 대답했다. 아버지가 하도 멍한 표정으로 나를 바라보고 있어서 내 말을 알아듣기는 한 건가 싶었다. 나는 아니오, 라고 다시 말했다. 아버지는 고개를 끄덕였다. 그러나 내가 몸을 돌렸을 때, 아버지는 내게 다시 물었다. 조나단, 산책하러 갈래? 나는 뭐라고 대답해야 할지 몰라서, 고개도 돌리지 않고 그 자리를 피했다. 궁금하다. 그 순간의 의미를 아버지는 알고 있었을까? 나는?

🌑 🌒 🌓 🌔 🌕

 어머니가 장 보는 걸 도와드리며 오후를 보냈다. 토요일 저녁

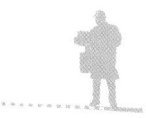

은 우리 가족 셋이 한 방에 함께 앉아 있을 수 있는 유일한 시간이었다. 나는 주중에는 줄리어드에 있었고, 주말에만 잠시 집에 오는 것뿐이었는데도 이미 충분히 귀찮았다. 바쁜 일이 없더라도 내키지 않을 때에는 거짓말을 하기도 했다. 작년까지만 해도, 일요일에는 우리 가족이 함께 교회도 갔었다. 그러나 어머니와 나는 그게 너무 번거로운 일이라고 결론을 내린데다가, 아버지 역시도 더이상 신을 믿는 것처럼 보이지 않았다. 그래서 우리는 토요일만 모이기로 했다. 토요일에 한 시간 동안 아주 잠깐.

어머니와 함께 간 마트는 어떤 의미에서 나만의 '명예의 전당'이 되어갔다. 마치 가게의 모든 통로와 진열대에 있는 작은 박스, 캔, 병 속에 기억이 담겨 있는 것처럼. 국수는, 어느 날 갑자기 아버지가 젓가락을 사용하기 힘들어하던 때를 기억하게 했다. 돼지고기는 어머니가 체해서 며칠 동안 아팠던 때를, 커피는 아버지가 나를 옆에 앉혀놓고 피아노를 연주하며 곡이 끝날 때마다 한 모금씩 홀짝이던 밤들을 기억하게 했다. 내 기억들은 그저 할인상품. 차곡차곡 쌓인 인스턴트 음식. 모두 이 작

은 마트에 모여 안식을 취하고 있었다.

어머니는 훌륭한 요리사였다. 음식 맛도 좋았지만, 늘 정성을 들여 요리했다. 삼 년 전, 내가 열여섯 살이었을 때, 학교 화장실에서 담배를 피우다가 정학을 당한 적이 있었다. 그날 저녁은 꼼짝없이 굶게 될 거라고 생각했는데, 어머니가 내 방으로 간단한 요리를 가져다 주었다. 훈제연어(*smoked* salmon)였다. 어머니의 재치. **Smoked**.

어머니는 그때만 해도 정말 아름다웠다. 흠잡을 데 없는 외모에 키도 컸고, 눈가에 주름살이 조금 있긴 했지만 활기 넘치는 모습을 보면 마흔 한 살이라는 나이가 거짓말 같았다.

그날 밤, 아버지가 연주하는 차이코프스키를 들었던 것으로 기억한다. 그게 마지막이었다. 우리집 피아노 방에 있는 스타인웨이가 연주되었던 것은.

지난 한 해 동안 어머니의 요리는 갈수록 형편없어졌고, 곧 나는 무엇을 먹는지조차 신경 쓰지 않게 되었다. 때로 어머니는 그저 요리하기 위해 요리하는 것 같았고, 나는 그저 먹기 위해

먹는 것 같았다. 그리고 우리는 그저 그곳에 있기 위해 그곳에 있는 것 같았다.

어머니가 두루마리 휴지를 집어 카트에 담았을 때, 마트에는 바흐의 음악이 흐르고 있었다.

❂ ❂ ❂ ❂

이 주 전 줄리어드에서, 나는 한 번도 쉬지 않고, 물 한 모금도 마시지 않고, 여섯 시간 내리 피아노를 쳤다. B연습실에는 나와 피아노, 둘뿐이었다. 난 손가락으로 마구 욕설을 내뱉듯 연주했고, 피아노는 내가 쏟아내는 거친 말들을 차분한 정신과 의사처럼 받아주고 있었다. 부모님과 어떤 내용이든 전화 통화를 하고 난 후에는, 나는 그곳 B연습실에서 손가락 끝에 멍이 들 때까지 피아노를 치곤 했다.

어느 날 우연히 내 연습실 안으로 들어온 레슨 선생은, "그래, 세상엔 좀더 미친 피아니스트가 필요해"라고 웃으며 말했다. 나는 손가락을 숨겼지만, 손가락 끝의 쓰라림은 마지막 코드의 울림과 함께 길게 진동했다. 메사로스 교수는 내 옆에 앉았다.

그는 나의 멘토였지만 그와 함께 있으면 늘 이상한 불편함이 느껴졌다. 어쩌면 그의 강한 헝가리어 억양 때문이었는지도 모른다. 오 년 전, 내가 줄리어드 진학을 놓고 고민하기 훨씬 전에 그는 뉴잉글랜드 컨저버토리에서 하프시코드를 연주했다. 수년 전, 아버지는 그와 함께 연주한 적이 있었다.

"계속 연주해. 화나는 일은 놓아버리고."

그는 그렇게 말하고 내가 자유롭게 연주할 수 있도록 옆으로 비켜주었다.

나는 베토벤의 피아노 소나타 8번을 연주하기 시작하다가 멈추고, 자작곡으로 이어갔다. 멍든 손가락 끝이 건반 하나하나에 닿을 때, 음이 아닌 고통을 연주하는 기분이었다. 그래도 멈추지 않았다. 두 손은, 비틀거리지만 앞을 향해 달리는 두 발처럼.

교수는 내게 속삭였다. 너에겐 네 아버지의 손가락이 있어.

나는 눈을 감고, 고통을 들었다.

❀ ❀ ❀ ❀

　차를 몰고 마트에서 집으로 돌아오는 길에 어머니가 나를 수시로 훔쳐보는 것을 알아챘다. 무언가 말하려는 불안함. 하지만 난 어머니와 눈이 마주치지 않으려고 애썼다.

　우리가 돌아왔을 때, 아버지는 여전히 집에 없었다. 나는 어머니의 굳어진 얼굴에서 심한 걱정을 감지할 수 있었지만, 잠자코 있었다. 무기력했다.

　어머니는 요리를 준비하고, 나는 식탁에 앉아 조리대 주변을 왔다갔다하는 그녀의 뒷모습을 지켜보았다. 어머니가 부엌에서 일하는 모습은 여전히 아름다웠다. 이때만큼은 어머니의 두 눈에 잊혀진 생기가 돌아와 가득 차올랐다. 어머니의 손에는 여느 때에는 볼 수 없었던 바지런함이, 물기 때문에 더 반짝거렸다.

　내 어린 시절, 어머니는 나와 함께 종이학을 접곤 했는데, 어머니의 손이 하얀 종이들보다 더 하얗다고 생각했던 것을 기억한다. 그러나 세월은, 그 두 손에 흉한 혈관들을 도드라지게 했고, 어머니조차도 손 쓸 일들을 줄여가면서 굵은 주름들을 점점

더 흥하게 퍼뜨렸다. 아마도 책장 어딘가에 꽂혀 있는 책 속에 접혀 살고 있을, 우리가 함께 앉아 만든 마지막 종이학도 세월과 함께 누렇게 변색되었을 것이다.

내가 부엌일을 도와주기를 은근히 바라고 있다는 걸 알았지만, 한 시간이 넘도록 어머니가 일하는 모습을 바라보기만 하며 식탁 앞에 앉아 있었다.

요리가 다 끝난 뒤에야 상 차리는 일을 도왔다. 상어고기, 가리비, 와인. 몇 개 안 되는 접시들에서는 김이 모락모락 피어올랐다. 우리 둘은 식탁 앞에 앉아 조용히 기다렸다. 어머니의 눈은 빈 의자에 머물렀고, 내가 어머니를 바라보고 있지 않을 때는 내 눈도 그 빈자리에 가 닿았다.

"일 년 휴학할까 생각 중이에요." 내가 말했다.

딱히 그러려고 계획하고 있는 것은 아니었다. 단지 뭔가 얘깃거리가 필요했을 뿐.

어머니는 말없이 고개를 끄덕였다.

"일 년 정도 일본에 가 있으려고요. 요즘 제 일본어가 엉망이 되어가고 있어요."

어머니는 다시 고개를 끄덕였지만, 나는 어머니가 마뜩찮아하고 있다는 걸 알 수 있었다.

"돈이 문제라면, 그러니까 병원비나 뭐 그런 거 때문에… 그냥 친구 집에 살면서 일거리를 구할 수 있을 거예요. 음악에서 조금 떨어져 있을 시간도 필요한 것 같고. 혹시 알아요? 내가 무언가 새로운 것을 찾을 수 있을지."

어머니는 대답하지 않았다. 나는 순간, 아버지가 집에 다시는 돌아오지 않기를 바라고 있다는 걸 깨닫고, 미안해졌다.

　　　　🌀🌀🌀🌀

여섯 시 이십오 분에 현관 초인종이 딱 한 번 울렸고, 아버지라는 걸 알았다. 복도를 지나서 현관문을 열었다. 아버지가 비에 흠뻑 젖은 채로 구부정하게 서 있었다. 아버지는 도시에 내리는 비의 절반을 혼자 다 맞은 듯했다.

"밥 먹을 시간이야." 아버지가 말했다.

그는 레인부츠를 벗기 위해 몸을 웅크렸다. 하지만 그저 서툴

게 허둥댈 뿐이었다. 나는 도와줄까 했지만, 아버지가 혼자의 힘으로 벗게 놔두는 게 낫겠다고 생각했다.

"어디 가셨던 거예요?" 내가 물었다.

아버지는 계속 부츠와 씨름하느라 대답하지 않았다. 빗물이 그의 긴 은발을 길게 퍼지게 했다. 여전히 잘생긴 남자였다. 맵시 있는 검은 레인코트 차림에 예술가의 무심한 분위기를 풍기는 프랑스 뉴웨이브 영화배우처럼 보였다. 그러나 그 잠깐의 괜찮은 모습은 아버지가 끝내 신발에 걸려 현관 계단 위로 넘어지는 순간 사라져버렸다. 영원히. 아버지는 자신의 신발 끈도 풀지 못하는 어린아이.

"주세요. 제가 할게요."

아버지의 가느다랗고 너무나 늙어버린 손가락에서 부츠를 빼앗고, 신발 끈을 확 잡아당기자 간단히 풀렸다. 아버지가 풀썩 웃었다. 순간 나도 웃고 싶었다. 아버지와 함께 거기 앉아서, 혹은 바깥 저 빗속에서, 그저 바보처럼 함께 웃고 싶었다. 하지만 미소조차 짓지 못했다. 나는 그저 일어서며 다시 물었다.

"어디 가셨던 거예요?"

아버지는 넘어지지 않으려고 내 어깨에 손을 얹은 채 천천히 일어섰다.

"밥 먹을 시간이야." 아버지가 말했다.

🌑 🌘 🌗 🌖

아버지가 식사를 마칠 때까지 어머니는 아무것도 손대지 않고 있었다. 그녀의 눈길은 우리로부터 벗어나 어딘가에서 춤추고 있는 것처럼 보였다. 아버지와 어머니는 젊음을 어딘가에 실수로 놔두곤 그것을 어디에 놔두었는지 잊어버린, 막상 찾아도 되찾기에는 너무 쇠약해진 안타까운 존재들이었다. 조용히 한 시간이 흘렀지만, 우리 셋 사이에는 수년의 세월이 흘렀다.

"정말 맛있는 연어." 아버지가 말했다.

어머니는 미소지었다. 나는 상어였다고 말하고 싶었지만, 귀찮았다. 어머니는 "더 드세요"라고 말했다. 아버지는 대답하지 않았다.

"어머니가 저한테 훈제연어 만들어주셨던 거 기억하세요?"

내가 갑자기 물었다.

곁눈으로 어머니의 미간이 찌푸려지는 것을 보았다. 위스키를 한 잔 따른 아버지는 조용히 허공을 향해 축배를 들고는 단숨에 마시고 내려놓았다. 얼음이 크리스탈 잔에 부딪혀 딸그락 소리를 냈다.

"이거 상어 요리잖아요."

나는 끝내 말했지만, 역시 아무런 반응이 없었다.

우리는 아버지가 식사를 다 마치기 전까지 결코 일어서지 않았다. 그렇게 말없이 앉아 아버지가 계속 술을 따라 들이켜는 모습만 바라보는 일은 고통스러웠다. 그래서 나는 아버지의 목소리를 듣지 않으려고 방문을 여며 닫듯이, 아버지를 향한 내 마음의 문을 닫았다. 이제 내게 아버지는 식탁 위에 장식품으로 놓인 플라스틱 과일바구니나 다름없는 존재였다.

"아버지, 저 일본에 가요." 나는 아버지가 아니라 어머니를 쳐다보며 말했다. "사로 아저씨를 만날지도 몰라요. 기억하세요? 어머니는 기억하시죠?"

어머니는 고개를 돌렸다. 나는 나 자신과 대화하고 있었다.

"우리집에 있는 피아노를 정말 좋아하셨는데. 기억나요? 아

버지가 그때 그 시장이 주최한 연회에서 연주하셨을 때, 아저씨가 막 피아노를 훔쳐버리겠다고 농담했었잖아요. 그때 아저씨가 해준 말이 있었는데……"

아무도 내 말을 듣고 있지 않았기 때문에, 나는 스스로 청중이 되어 나 자신을 향해 웃어주었다. 이런 게 바로 아버지가 느끼고 있는 세상이겠지, 나는 생각했다.

"어쩌면 피아노가 사람을 연주하는 거라고."

아버지의 눈동자는 초점 없이 천장을 떠돌고 있었다. 어머니는 다시 얼굴을 돌려 나를 쳐다보았다.

"우리집 피아노를 일본으로 가지고 갈까봐요." 나는 어머니에게 말했다. "그냥 사로 아저씨에게 선물로 주죠?"

그만 해라, 어머니는 눈으로 말했다. 어쨌거나 아버지는 듣고 있지 않았다.

"아님, 그냥 팔아버려요, 어머니. 여기에다 계속 둘 필요가 없잖아요. 아무도 피아노를 치지 않잖아요. 아버지는 이미 손을 놓아버렸는데 왜 붙들고 있어요?"

아버지를 바라보았다. 아버지는 어느새 술 반병을 다 마셔버렸다. 나는 이제 몇 분만 지나면 이 식탁에서, 이 빌어먹을 집에서 벗어날 수 있다는 걸, 그리고 다시는 돌아올 필요가 없다는 걸 깨달았다.

아버지는 식탁에 대고, 처음에는 섬세하게, 그러고는 점차 세차게 손가락을 두들기기 시작했다.

　　　　　🌑 🌒 🌓 🌔

내가 줄리어드에 입학하기 전 해였던 재작년, 리르 가족이 웨스트 런던에서 온 음악 학자들을 위해 연주회를 열었다. 뉴욕뿐 아니라 보스턴의 클래식 음악계 인사들도 참석한 자리였다. 그 홀을 가득 메운 사람들의 주된 관심은 아버지.

아버지는 개인적인 이유로 두 달 넘게 은둔하며 연주를 하지 않고 있던 때였는데, 처음으로 그 갑작스러운 공백을 깨고 무대에 서는 날이었다. 음악계 사람들뿐만 아니라 나에게도 아버지의 그 당시 행동들은 미스터리였다. 그때 나는 열여섯 살이었고, 아버지는 쉰한 살이었다.

아버지는 자신이 삼십 대에 작곡했던 곡을 연주했다. 〈하나비〉

라는 제목의 아름다운 피아노 소나타. 아버지는 이전에도 몇 번 그 곡을 연주한 적이 있었다. 독일에서 한 번, 그리고 프랑스와 일본에서도. 미국에서는 이번이 처음이었다.

아버지가 무대 위로 걸어나가자, 사람들은 정중하게 앉아 박수를 쳤지만 그들의 눈빛은 불안했다. 아버지는 피아노에 앉았다. 은빛 머리는 단정히 뒤로 넘겨져 있었고, 얼굴의 주름살 하나하나에 다시금 위대함이 새겨지고 있었다. 사람들은 충분히 긴장하고 있었다.

숨이 멎을 듯 아버지의 음악은 실내를 채웠고, 순식간에 관객의 불안함은 찬미로 뒤바뀌었다. 그때, 나는 아버지를 향한 반짝이는 시선들을 바라보며 미묘한 우울함에 가슴이 먹먹해지는 걸 느꼈다.

내가 아버지에 대해 알고 있는 것은 무대 위나 피아노 옆에서 보아온 것이 전부였다. 주위를 둘러보며 나는 세상과 나란히 아버지를 공유하고 있을 뿐, 그는 나의 것이었던 적도 없었고, 결코 나의 것이 될 수도 없음을 깨달았다. 난 그들이 보고 있지 않는 무언가를 볼 수 없었고, 그들이 듣고 있지 않는 무언가를 들을 수도 없었다. 나는 나만이 가질 수 있는 아버지의 모습이 간절했다.

그날의 연주는 아버지가 대중 앞에서 마지막으로 가진 공연이었다. 아버지는 곡 중간에 연주를 멈추고는 더이상 이어나가지 못했다. 나는 눈을 감고 말았다.

 ● ● ● ●

마지막 한 잔을 마신 뒤, 아버지는 식탁에서 일어나 거실로 나갔다. 어머니는 실망스러운 눈으로 나를 바라보았다. 나는 그녀의 눈 아래 주름이 또 한 줄 생기는 것을, 검은 머리가 또 한 올 하얗게 세는 걸 느꼈다. 숨이 막혀, 나는 자리에서 일어났다.

아버지는 매트 위에 앉아 있었다. 나는 그에게 손을 흔들어 보였다. 별 뜻 없는 동작. 아버지에게 가까이 다가가 다시 손을 흔들었다. 아버지의 눈은 내 위쪽을 향할 뿐, 날 주시하지 않았다. 갑자기 손가락 끝이 찌르듯 아파왔다. 나는 등을 돌렸다. 내가 아버지를 더이상 보고 있지 않아야 아버지가 반응을 보일 거란 엉뚱한 생각으로.

떠나야겠다고 생각했다. 차를 몰고 학교로 돌아갈 것이다. 연

습실에서 남은 주말을 보낼 것이고, 어쩌면 티쉬로 가서 몇몇 친구 녀석들과 술을 죽을 때까지 마실 수도.

침실로 돌아가 바닥에 앉아 창밖을 올려다보았다. 비는 거의 그쳐가고 있었다. 차를 몰고 학교로 돌아가는 길이 그다지 나쁘지 않을 것 같았다.

〇 〇 〇 〇

눈을 감았더니 아버지의 손가락들이 보였다.

익숙하지만 잊혀진 장소. 피아노는 빛바랜 하얀 시트 아래 거대한 시체처럼 고요하게 누워 있었다. 나는 먼지가 날리지 않도록 조심스레 시트를 걷었다. 아버지의 검은색 스타인웨이는 그 아래, 변함없이 아름다운 모습으로 서 있었다. 삼 년 가까이 방치된 세월에도 그 웅대함은 여전했다. 문득 도쿄의 하얀 스타인웨이가 떠올랐다. 이것은 우리의 검은 백조.

나는 차가울 정도로 미끈거리는 건반을 손가락으로 주르륵 훑고 의자를 꺼내 앉았다. 익숙해지는 데 몇 분이 걸렸다. 겨우 들릴 정도로 약하게 음계를 쳐봤다. 마치 그동안 유령이라도 줄

곧 연주해온 것처럼, 피아노는 놀랍게도 조율되어 있었고, 악보 한 장이 받침대에 그대로 놓여 있었다.

눈앞에 놓인 모차르트 소나타 D장조 안단테를 연주하기 시작했다. 피아노는 몇 년 만에 처음으로 방 안과 집 안, 그리고 내 가슴속을 가득 채우며 크게 울렸다. 눈을 감았다. 나는 그 곡을 격렬한 포르테로, 걷기의 속도가 아닌 전력질주로 연주했다.

내 연주가 같은 말을 반복하는, 밤에 혼자 중얼거리는, 앉아서 텅 빈 허공을 응시하는 아버지의 모습들을 지워나가기를 열망했다.

내가 피아노 방에서 나왔을 때, 어머니는 부엌에 없었다. 아마도 침대에 누워 내 연주를 들었을 것이다. 아버지도 들었을 테지만, 그는 미동도 없이 거실 매트 위에 앉아 있었다. 아버지는 꺼진 TV를 멍하니 쳐다보고 있었다.

"전에 연주회에서 같은 곡을 연주한 적이 있어요." 나는 아버지에게 말했다. "그때는 더 잘 했어요."

🌼 🌸 🌹 🌺

거리로 나왔을 때, 비는 그쳐 있었다. 담배를 한 대 얻어 피우려고 길을 건너 사람들이 북적이는 곳으로 향했다. 집 바깥의 뉴욕은 살아 있었다. 무심하게 느껴질 정도로.

고등학교 때 짧게 만났었던 여자애가 나이 들어 보이는 남자 두 명과 함께 골목 귀퉁이에 앉아 있었다. 다행히도 그녀는 나를 보지 못했다. 그녀는 내 안의 예술가를 사랑한다고 말하곤 했다. 그것 말고는 별로 사랑하지 않았던 것 같았다.

담배 한 대 얻을 만한 얼굴을 찾지 못해, 아예 한 갑을 사러 프랑스 카페를 어설프게 흉내 낸 톰슨 거리의 바 라운지로 갔다. 계산을 하고 담배 한 대를 꺼내 물고 유일하게 빈 야외 자리에 앉았다. 길 건너편에는 한동안 가지 못한 반스 앤 노블스 서점이 있었다.

서점에 매일 가던 때가 있었다. 수많은 책에 둘러싸여 있는 평온함. 학교 옆에도 큰 서점이 하나 있긴 했지만, 연주회 시즌이 시작되면 갈 여유가 없었다. 어느 주엔가 나는 서점의 건강 의학 코너에 앉아 알츠하이머병에 대한 책들을 모조리 읽은 적이 있었다.

 두 시간 남짓 소호 거리를 돌아다니며 아는 얼굴들을 우연히 마주치기도 했지만 가볍게 인사만 할 뿐 걸음을 멈추지는 않았다. 다시 집으로 향했다. 걷다가, 문득 낯설지만 선명한 생각이 떠올랐다. 나는 더이상 이곳 뉴욕에 살고 싶지 않았다. 나는 더이상 피아노를 연주하고 싶지 않았다. 단 일 분 일 초도.

 음악이 존재하지 않는 곳, 아버지가 그저 아버지에 지나지 않는 곳은 어떤 곳일까 생각해보았다.

🔴 🟤 ◀ ⚫

집에 돌아왔을 때, 자정 무렵이었다.

 처음에는 다른 집 앞에 서 있다고 생각했다. 엘리베이터를 타고 우리가 사는 십이 층에 내렸지만 무언가가 달라져 있었다. 안에서 피아노 소리가 들려왔다.

 집 안으로 뛰어들어갔다. 피아노 방으로 향하는 복도에 잠시 멈춰 서면서 연주소리가 아버지의 스타인웨이에서 나는 것이 아님을 깨달았다. 거실에서 흘러나오고 있었다. 기묘한 데자뷰.

나는 어젯밤하고 똑같이 복도에 서서 정체불명의 소리를 찾고 있었다. 불을 켰다. 벽에 붙은 사진들. 흑백 사진들. 바랜 색깔들. 메달들, 상패들. 피아노 소리는 내가 거실 쪽으로 한 걸음 내디딜 때마다 점점 더 커졌고, 몸은 긴장으로 떨리기 시작했다. 마음속에 검은 턱시도 차림의 아버지가 비쳤다.

피아노가 아니었다. 거실 오디오에서 오래 전에 녹음된 연주가 흘러나오고 있던 거였다. 아버지는 머리를 뒤로 젖히고 쿠션에 기대어 앉아 있었다. 나는 주위를 둘러보았다. 어머니는 지금 주무시고 있을 시간이었다.

아버지가 깨어 있는지 잠들어 있는지 알 수 없어서, 가까이 다가갔다. 그의 얼굴에는 평온이 내려앉아 있었다. 그것은 병든 남자의 무감각한 침묵이 아니라, 예술가의 침착한 고요함이었다. 아버지는 눈을 감고 있었지만 잠이 든 건 아니었다.

오디오에서 흘러나오는 피아노 연주는 음질이 좋지 않아 불명확했다. 나는 아버지의 평온이 깨지지 않도록 조심스레 옆에 앉았다. 그와 똑같이 눈을 감았다. 그러자 갑자기 아버지가 텁텁한 목소리로 말했다.

"뭐가 들리니?"

그 질문을 내게 한 건지, 아니면 그저 혼잣말인지 알 수 없었다. 아버지는 눈을 뜨지 않았고 얼굴을 돌리지도 않았기에. 나는 어찌해야 할지 몰라 말없이 아버지를 바라보았다.

"뭐가 들리니, 조나단?"

"〈엘리제를 위하여〉." 나는 대답했다. "제 열세번째 생일에 아버지가 연주해주셨던… 엄마가 녹음한 거잖아요."

갑자기 숨이 막혔다. 그 자리에 머물러 있고 싶은 마음과 아예 사라져버리고 싶은 마음이 실타래처럼 뒤엉켜 조금 어지러웠다.

"뭐가 들리니?" 아버지가 반복해서 물었다.

아버지가 좀 전에 내가 한 대답을 알아들었는지 궁금했다. 나는 여전히 눈을 감고 있었다. 내 팔에 아버지의 팔이 닿는 게 느껴졌고, 스피커에서는 계속해서 피아노 선율이 흘러나왔다.

갑자기, 소리가 보였다. 아버지의 손가락이 건반 위에서 춤추는 소리. 어머니가 한낮의 햇살 속에서 아름답게 미소 짓는 소리. 아버지의 따뜻한 무릎에 앉아 있는 나의 모습이 선명하게 들렸다.

"아버지의 피아노 연주가 들려요." 나는 대답했다.

"조나단, 뭐가 들리는지 내게 말해줘."

아버지의 음성은 애원에 가까웠다.

그 순간, 오디오에서 흘러나오던 곡이 끝났다. 녹음된 테이프는 계속 돌아가면서 고요한 정적만을 들려주고 있었다.

"뭐가 들리니?"

아버지의 목소리에서 비 냄새가 났다.

나는 눈을 떴다. 아버지는 그저 그 질문을 반복할 뿐, 내 대답은 듣고 있지 않았다. 그는 시간의 작고 깊은 틈에 갇혀 있었다.

그 고요 속에서 나는 이렇게 대답했다.

"아버지의 숨소리가 들려요."

fall, 1998

| WHOM SURRENDERED | CERTIFICATE CANCELED | | | LEFT BY | DATE | IN |
|---|---|---|---|---|---|---|
| | Ledger Folio | No. Certificate | No. Shares | | | |

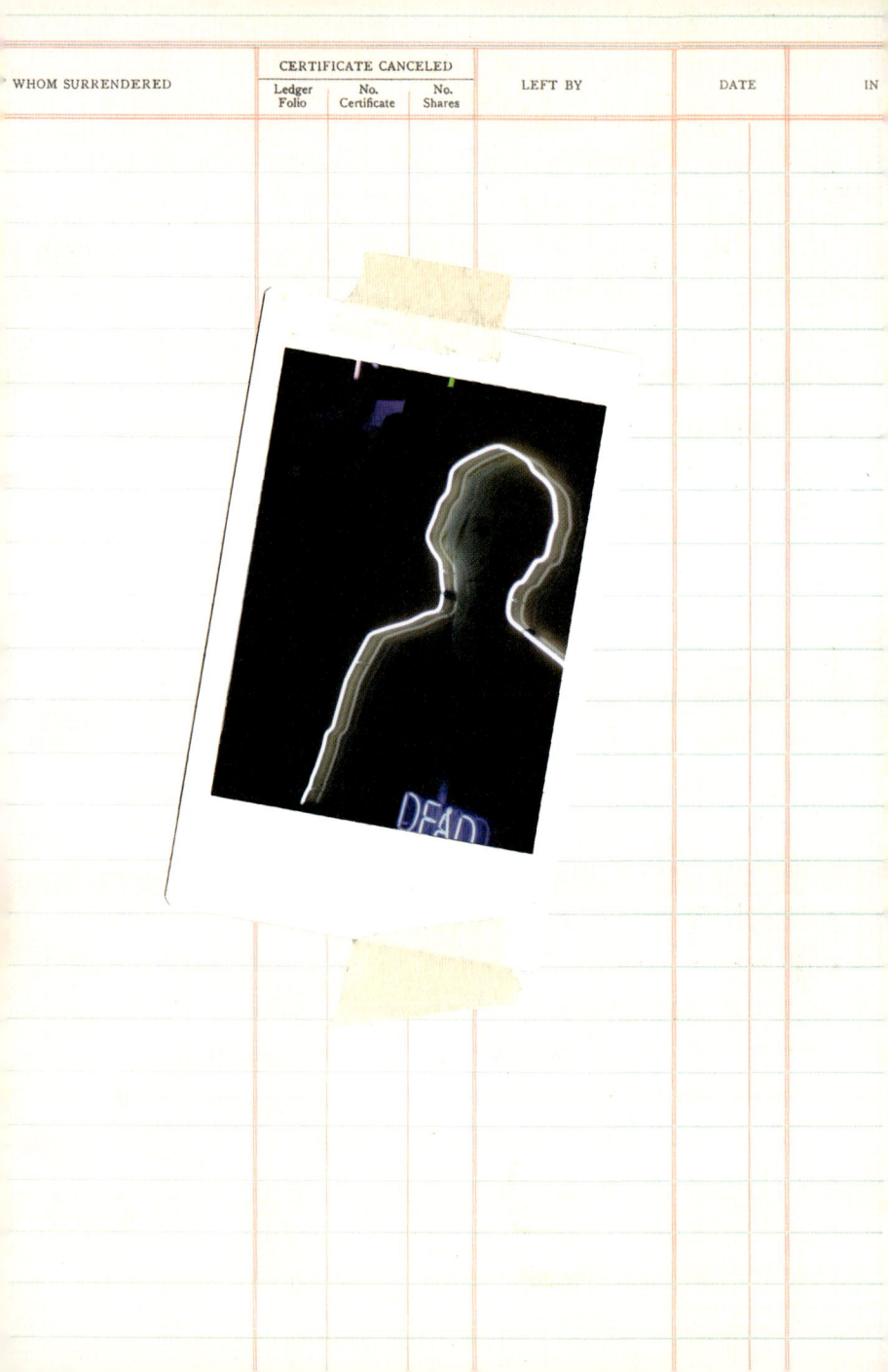

## Counting Pulses

Mike held his cigarette out the window and pushed his face against the chill, humming a tune he had heard on the radio.

1.

마이크는 창틀에 기대 담배를 든 손을 밖으로 내밀고, 라디오에서 들은 노래를 흥얼거리며 얼굴을 내밀어 차가운 바람에 닿게 했다. 담배 한 모금을 깊게 빨아들이면서 진한 연기와 뒤섞이는 도시의 공기를 들이마셨다. 뉴욕의 밤. 몸을 밖으로 더 내밀었다. 달에서 시작한 그의 시선은 아래로 서서히 떨어져 불이 켜져 있거나 꺼져 있는 체스판 같은 맞은편 빌딩의 창문들에 잠시 머물렀다가 거리에서 멈추었다. 차들은 빨갛고 노란 불빛

꼬리들을 어둠 속에 새기며 올챙이들처럼 빠르게 움직였다. 퇴근하고 집으로 돌아가는 부모들, 밤이 깊어질수록 도시 한가운데로 더욱 깊숙이 자신들을 내던지는 아이들. 마이크는 차 한 대를 멀리 사라질 때까지 눈으로 좇으면서 함께 여행을 하고 있는 거라고 상상했다. 담배를 튕겨서 어둠 속으로 내던졌고, 밤이 그것을 받았다.

 부엌의 조리대로 돌아온 마이크는 물에 약을 타서 전자레인지에 넣었다. 잠시 돌린 뒤, 뜨거워진 컵을 조심스럽게 타월로 감싸 꺼냈다. 접시 위에 올려놓고 쟁반으로 받쳤다. 부엌의 불을 끄고, 어머니 방으로 걸어가는 동안, 한 손으로는 쟁반의 균형을 잡았고, 다른 한 손으로는 컵을 휘저었다. 컵에서 굵은 김 한 줄기가 부드럽게 올라와 안경에 서렸다.

 그는 어깨로 문을 밀쳐 열고, 어머니가 잠들어 있는 침대 쪽을 들여다보았다. 작은 방. 침대맡 램프는 어머니의 베개 옆에 펼쳐져 있는 작고 검은 성경책을 약하고 흐릿한 빛으로 비추고 있었다. 어머니는 낮게 코를 골았다. 그 소리는 마치 소품 같은 음악처럼 반복되는 숨소리이기도 했다. 마이크는 문가에 서서

잠시 그 소리를 듣다가, 침대 옆에 쟁반을 놓고는 어머니를 부드럽게 건드려 깨웠다.

"깜박 졸았구나." 몸을 움직이며 어머니가 말했다.

어머니의 창백한 얼굴이 붉어지는 걸 보고 마이크는 어머니가 마치 잠들어버린 것에 대해 죄라도 지은 듯한 얼굴을 하고 있다고 생각했다.

"피곤하셨나봐요." 그가 말했다. "몇 분밖에 안 걸렸는데." 그는 성경책을 덮어 어머니의 독서 안경 옆에 반듯하게 놓았다. "어두운 데서 책 읽지 마세요."

"읽고 있던 건 아니야."

"알았어요. 그래도 이런 불빛 아래서 읽지 마세요." 그는 침대 모서리에 앉아서는 약을 다시 휘저었다.

어머니는 컵을 들어 입술에 대고 천천히 홀짝였다. 마이크는 어머니의 연약한 손목을 보고, 혹시 컵이 너무 뜨겁거나 무거운 것은 아닌가 싶었다.

"또 담배 피웠구나."

"아니에요."

"그래." 어머니는 컵에서 눈을 떼지 않고 말했다. "밖에 나갈 거니?"

"모르겠어요. 약부터 먼저 드세요."

어머니는 고개를 끄덕이며 컵을 다시 입술에 갖다 댔다. 한 모금 삼킬 때마다 어머니의 목선은 거칠게 울렁거렸다. 모든 것이 느리고 힘겨워 보였다.

"메이가 오늘 조회 시간에 노래 불렀어요." 마이크가 말했다.

"참 이뻐, 메이." 어머니는 미소를 지으며 빈 컵을 쟁반 위에 도로 올려놓았다.

"정말 잘 불렀어요." 마이크는 쟁반을 부엌으로 갖다 놓기 위해 일어섰다. "이제 주무셔야죠." 그가 말했다.

어머니는 고개를 끄덕였고, 마이크는 문을 꼭 닫고 방을 나왔다. 마치 그가 나갈 때까지 참기라도 한 듯 거칠고 갑작스런 기침 소리가 방에서 들려왔다. 이어서 길고 갈라진 한숨 소리. 마이크는 그 소리를 듣고 잠시 망설이다 부엌으로 향했다.

설거지를 다 끝냈을 때, 마이크는 머리 뒷부분이 꽉 막히는 기분이었다. 그리고 동시에 부엌 바닥에 곤두박질할 것처럼, 온

몸이 갑자기 나른해졌다. 소파에 누워 텔레비전이나 좀 보다 바로 잠들어버려야겠다고 생각하고 거실로 갔다. 뒷목에 작은 쿠션을 대고 편안히 앉아서 채널을 이리저리 돌리다가 저녁 뉴스에 고정시켰다. 자장가처럼 들릴 정도로 볼륨을 줄이고 눈을 감았다. 그러나 자신도 모르게 아나운서가 보도하고 있는, 인도에서 병을 기적적으로 치유하는 사람들에 대한 뉴스를 관심 있게 듣고 있음을 깨달았다.

한 시간이 흐르고 나서야 편한 소파가 아무런 소용이 없음을 깨달았다. 원래 메이와 필름 포럼에서 하는 심야 영화를 보러 나갈 계획이었다. 둘은 학교가 끝나면 학교 부근 식당에서 저녁 시간의 대부분을 함께했다. 마이크는 메이가 대학 장학금을 받기 위해 에세이를 쓰는 것을 도와주고 있었다. 사실 그는 메이가 알려진 대로 그렇게 똑똑하지 않다는 것을 아는 유일한 사람이었다. 그러나, 메이의 아버지는 진료비가 매우 비싼 병원의 정신과 의사였기 때문인지는 몰라도 그녀는 인간의 심리에 대한 주제로 말을 잘 했고, 사람의 마음을 자신의 의지대로 바꾸는 재주를 가지고 있었다. 그녀는 오늘 조회 시간에 노래를 정말 잘 불렀다. 마이크는 어머니를 재워야 했고, 깜빡하실지도 모를 약을 챙겨드리기 위해 식당에서 일어나야 했다. 어차피 지금 이 순간, 그다지 밖에 나가고 싶다는 생각이 들지도 않았다. 메이는 프랑스 영화를 좋아했지만, 마이크는 사실 별로 재미도 없는 흑백 프랑스 영화를 보고 재밌는 척해야 하는 게 귀찮고 부담스러웠다. 어쨌든, 지금쯤이면 그녀도 이미 같이 갈 다른 남자를 구했을 거라고 생각했다.

 침대. 마이크는 낮에 학교 갈 때 입었던 옷차림 그대로 침대에 누워 잠들기 위해 무진 애를 썼다. 음악 없이 잠드는 게 어려웠던 마이크는 고장 나기 전 밤마다 함께했던 멀쩡한 오디오가 그리웠다. 메이의 말에 따르면, 마이크가 어렸을 때 지나치게 '아기처럼 어르면서' 키워졌기 때문에, 어머니의 자장가가 그를 '조건화' 시킨 현상이었다. 메이가 이런 식으로 얘기할 때면 그는 미칠 듯이 짜증이 났고, 차라리 그녀에게 어머니에 대해 아무것도 말하지 않았더라면 좋았을 거라고 생각했다. 앞으로 다시는 그녀에게 그 어느 것에 대해서도 자세히 말하지 않기로 결

심했다. 어떤 경우에든, 메이는 마이크가 말하는 것들이 마치 자기 자신의 경험들인 것처럼 얘기하려고 들 것이기 때문이었다. 소화시키지도 못하면서 계속 먹이를 먹어대거나 아는 것도 없으면서 계속 중얼거려야 하는 금붕어 같았다. 마이크는 한숨을 쉬었다. 더이상 그녀에 대해, 그녀가 지금 누구와 있는지, 왜 영화를 보러 가자고 전화하지 않았는지에 대해 생각하지 않기로 결심하고, 눈을 감은 채 노래를 흥얼거렸다.

눈을 감은 어둠 속에서 끊임없이 선곡표가 이어졌다. 그러나 잠들 수 없었다. 이런저런 생각을 그만두기엔 점점 모든 것이 선명해졌다. 그물망에 걸려 몸을 꼬았다 풀었다 하는 물고기처럼 침대 시트에 몸이 감긴 자신이 무기력하게 느껴졌다. 안절부절. 침대에서 내려와 책상으로 가서, 책가방에서 폴더를 꺼내 강독 숙제를 펼쳤다. 반쯤 감은 흐릿한 눈으로, 시를 죽 읽어내려갔다. 마지막 행을 읽었을 때, 실제로 시를 다 읽긴 했지만 방금 읽은 것에 대해 조금도 이해하고 있지 못했다. 단어 덩어리들을 다시 읽으면서 어떤 의미 비슷한 것이라도 찾으려 노력했지만 아무런 소용이 없다고 결론지었다. 죽도록 피곤했지만, 잠은 오지 않을 듯했다. 담배를 한 대 더 피울까 하다가, 너무 번거로운 일이라고 생각되어 그저 책상에 머리를 대고 눈을 감았다.

거실에서 전화 벨소리가 울렸다. 잠깐동안이나마 잠이 들었던 마이크는 크게 울리고 있는 벨소리에 놀라 깨며 당황했다. 벨소리가 어머니를 깨울 수도 있는데 그만 전화선 빼 놓는 걸 깜빡했던 거였다.

그는 달려 나가 수화기를 들었다. 월의 전화였다.

"나 얼어 뒤진다. 얼른 나와."

"너무 늦었어."

마이크는 거실 시계를 올려다 보았다. 사실 그다지 늦은 시간은 아니었다.

"지랄, 뭐가 늦은 시간이야. 열한 시잖아."

"어머니가 주무시고 계셔."

"그러니까 나오라고, 개새야."

마이크는 짜증이 났지만, 월의 고집은 쉬이 꺾일 듯싶지 않았다.

"미리 전화 했어야지. 우리집에 이렇게 늦게 전화하면 안 돼."

잠시 정적이 흘렀고 마이크는 윌이 상황을 파악했기를 바랐다.

"알았어, 알았어. 됐다. 그래도 마음 바뀔 수도 있으니까, 나 차에서 기다리고 있을게."

그는 전화를 끊었고, 삑 하고 뭔가 늘어지는 소리가 함께 들렸다. 마치 위협이라도 하듯이. 윌은 늘 이런 식이었다. 늘 부탁을 가장한 강요를 했다.

마이크는 코트를 입고, 어머니 방으로 건너갔다. 조심스럽게 방문을 열고, 어둠 속에서 어머니의 형체가 꼼짝도 않고 누워 있는 것을 들여다보았다. 창문으로 스며드는 희미한 달빛에 어머니의 희끄무레한 잠옷과 머리카락 몇 올의 실루엣만 보였다. 어머니는 아까처럼 코를 골고 있지 않았다. 벨소리가 어머니를 깨운 것은 아닌지 여전히 걱정됐다. 슬그머니 침대 옆으로 다가가 조심스럽게 '엄마' 하고, 단지 어머니가 잠들었는지 아닌지를 확인할 만큼의 작은 소리로 속삭였다. 아무런 반응이 없었다. 마이크는 어머니의 잠든 모습을 보면서 잠시 가만히 서 있었다. 그러고는 저편 구석에서 슬쩍 어머니의 지갑을 열고 십 달러짜리 지폐 두 장을 꺼냈다. 이십 달러를 주머니에 쑤셔넣고는 조용히 문을 닫고 방을 나왔다.

딱히 윌이 보고 싶은 것은 아니었다. 그러나 잠도 안 오고 뭐, 어쩔 수가 없었다.

윌은 반바지를 입고 맨발로 운동화를 꺾어 신고서 아파트 건물 입구에 서 있었다. 한 손으로 담배를 피우며, 다른 한 손으로는 작은 비닐봉지를 달랑거리며 들고 있었다.

"병신, 왜 이렇게 늦게 나와?"

"야, 이 새끼야." 마이크가 잘라 말했다. "어머니 깨울 뻔했잖아. 그건 뭐야?"

비닐봉지를 가리켰다.

"뭐겠냐?" 윌은 건들거리며 씨익 웃고는 담배를 깊게 빨아들였다. "가자."

마이크는 윌의 옆구리에서 흔들거리는 비닐봉지를 주시했다. 갑자기 자신이 그 속에 든 내용물 속으로 구역질 날 것처럼 빨려들어간다는 느낌을 받았다.

"그래, 가자."

마이크가 윌의 차 쪽으로 몸을 돌리며 말했다.

"안 돼, 기다려." 윌이 발 하나를 들어 그를 멈춰 세웠다. "니 방으로 올라가자."

"농담이지?"

"조용한 곳에서 피우고 싶어. 가자."

"미쳤냐, 너? 우리 집에서 대마를 피우자고?"

"뭐 어때? 어머니 잔다며."

"안 돼. 여긴 안 돼. 니 차 안에서 하는 게 어때?"

"이거 우리 엄마 차야."

"이건 우리 엄마 집이야."

윌은 못마땅하다는 듯 머리를 흔들었다.

"아, 지랄하지 말고 좀."

"그럼 피우지 말자." 마이크는 말했다. "어차피… 나 좀 이따가 메이랑 데이트 있어."

거짓말을 하려 했던 것은 아니지만, 꽤 적절해 보였다.

"개소리 하지 마."

"진짜야."

"너무 늦었다며?"

"메이잖아."

"아, 그래?" 월은 갑자기 교활한 미소를 지으며 말했다. "너 정말 안됐다. 나 방금 이 근처에서 메이가 차 타고 가는 거 봤거든."

"아마 극장에 가는 길이었겠지. 거기서 만나기로 했거든."

"딴 남자랑 있던데. 그 남자애도 같이 만나기로 한 거야?"

마이크는 입을 다물었다. 어색.

"이제 그만 좀 불쌍하게 굴어라. 씨발, 내가 다 창피하다."

월이 아파트 입구 쪽으로 걸음을 떼며 말했다.

"안 와?"

마이크는 낮은 소리로 월에게 저주를 퍼부으며 따라갔다.


2.

마이크는 월에게 방에 먼저 가 있으라고 하고는 어머니의 상태를 확인하러 어머니 방으로 갔다. 어머니는 다시 아까처럼 잔잔한 가락으로 코를 골고 있었다. 어머니의 연약한 손목을 만지면 틀림없이 차가울 거라고 생각했다. 순간, 다가가서 자신의 손에 어머니의 손목을 주워담고 싶었다. 주머니에서 지폐들을 꺼내 어머니의 지갑이 있는 쪽으로 다가섰다. 지폐들은 살짝 구겨져 있어서, 제자리에 넣어두기 전에 손바닥에 올려놓고 눌러 펴야 했다. 방을 나오면서 그는 세 번이나 손잡이를 잡아당기며 확실히 문이 닫혔는지 확인했다.

마이크가 자신의 방으로 돌아왔을 때, 윌은 침대에 앉아 머리맡에 놓인 오디오의 버튼들을 눌러보고 있었다.

"야, 이거 도대체 뭐가 문제야?"

"고장 났어."

윌은 스피커 하나를 손바닥으로 세게 내리치고는 머리를 흔들었다.

"최악이다."

윌이 파이프에 대마초를 채워넣는 동안, 마이크는 옷장에서 옷가지들을 꺼내어 침실 문틈을 세심하게 메웠다. 공기조차도 그의 방과 바깥 세상 사이를 통과할 수 없기를 바랐다.

"야, 우리 이거 다른 곳에서 해야 돼."

마이크는 등을 돌려 윌의 손바닥 위에 파이프가 다 준비되어 올려져 있는 것을 보며 말했다.

"이런 안전 장치가 필요 없는 곳 말야."

"그래, 근데 밖은 너무 추워서 아마 우리 얼어 죽을 거야. 지난 겨울 방학 기억 안 나? 매디슨 스퀘어 가든 앞에서 피웠을 때. 그날 밤, 나 씨발 거시기에 동상 입었잖아."

마이크는 웃음을 터뜨렸다. 윌은 방 안의 긴장된 분위기가 깨지자 안심하는 듯이 계속 말했다.

"트고 갈라졌었어. 너무 아파서 점심 시간에 누군가의 챕스틱을 빌려 발랐다니까."

이번에는 둘 다 크게 웃었다.

둘은 파이프를 돌려 피우면서, 두꺼운 연기 구름층을 만들었다. 노련한 마이크는 입술 사이로 조금도 새어나가지 않게 연기를 물었다. 연기가 새어나갔을 때는 목을 쭉 펴고 머리를 툭 치며, 산소를 빨아 들이기 위해 수면을 흐트러뜨리는 물고기처럼 공기중에서 연기를 다시 들이마셨다. 한 판이 끝나자, 그들은

파이프를 비우고 다시 채워서 또 한 판 돌렸다. 둘 다 머리가 무거워 무감각해질 때까지 몇 차례 더 반복했다.

"나…" 윌이 말했다. "갔어."

"나, 도, 갔어." 마이크가 노래 부르듯이 이어 말했다.

마이크는 베개에 머리를 기대고 눈을 감았다. 머리가 베개 속으로 깊이 가라앉는 것 같았다. 베개의 형태 자체를 관통해 마치 침대와 바닥, 도시 전부를 뚫고 깊은 미궁으로 빠져드는 기분이었다.

"음악을 들을 수 있으면 좋을 텐데." 윌이 말했다.

"응, 내 생각도 그래."

"이것도 음악이 있을 때만큼은 안 좋네."

"응, 내 생각도 그래."

윌이 킥킥댔다. "방금 똑같은 말 또 했어."

"응, 내 생각도 그래."

"야, 괜찮아? 너, 완전 맛 갔구나?"

"니가 맛 간 거지!" 마이크는 웃으며 갑자기 고개를 들고 마치 의사가 환자에게 하듯이 윌을 쳐다보며 말했다. "그냥 장난

친 거야."

그들은 웃었다. 갑자기 웃음을 거두며 윌이 말했다.

"너 대학 때문에 멀리 가는 거… 존나 싫겠다."

"꼭 그렇진 않아. 어딘가로 떠나는 거… 나쁘지 않아."

"떠나고 싶어?"

"여기, 익숙한 이런 데 말고… 다른 곳도 좀 보고 싶어."

"아…" 윌이 부드럽게 말했다. "무슨 말인지는 조금 알겠다. 언젠가는, 다 두고 일어나서 가야하는 거지."

"그래 맞아."

"미안해. 늦게 놀러 와서." 윌이 말했다. 매우 몽롱한 상태였음에도 불구하고, 진심으로 미안해하는 것 같았다. "너네 엄마가 나 싫어하시는 거 알아."

"그렇지 않아. 어머니는 니가 누군지도 모르셔."

"어쨌든, 미안해."

"괜찮아. 근데 다시는 이러지 마."

마이크는 눈을 감고 캘리포니아는 어떤 모습일까 상상했다. 그는 뉴욕을 한 번도 떠난 적이 없었다.

윌이 툭툭 쳐서 마이크는 눈을 떴다.

"물어볼 게 있어."

"뭐?"

윌은 할말을 잊어버리기라도 한 듯 입을 다시 다물었다. "아냐, 신경 쓰지 마라."

"말해."

"나중에 물어볼게."

"거긴 왜 그래?" 마이크가 불쑥 몸을 앞으로 기울이며 물었다. 윌의 머리 옆쪽, 귀 바로 위에 전에는 본 적 없던 상처가 있었다.

윌은 몸을 홱 당겼다.

"아무것도 아냐." 고개를 돌리자 상처가 보이지 않았다. "그냥 긁힌 거야."

어색한 정적이 흘렀고, 그들은 각자 기분에 젖어 한동안 조용히 꼼짝 않고 누워 있었다.

"메이는 그런 부류 여자애들 중에 한 명이야." 윌이 갑자기 말했다.

마이크는 사실 메이에 대해서 완전히 잊고 있었다.

"너, 내가 걔 조심하라고 말했지. 걔는 널 이용할 거야. 걔가 널 특별하게 대한다는 생각이 드는 순간 다른 모든 남자애들한테도 특별하게 대한다는 것을 기억해야 해."

"그래."

"넌 별볼일없는 놈이야."

"나도 알아."

"근데, 걔 뭐가 그렇게 좋냐?"

마이크는 곰곰이 생각해 보았다.

"똑똑해."

"별로."

"메이는 뇌의 기능 같은 것들에 대해 모든 걸 알고 있어. 지난번에는 나한테 사람들은 어렸을 때 많이 접하게 되는 것들에 '조건화' 된대. 무슨 말인지 알겠어? 왜, 음악 같은 거 말야. 나한테는 음악이 그런 존재여서 내가 항상 음악을 찾고 있다는 거지. 알겠어?"

"다 개소리야."

"아냐, 그렇지 않아. 난 음악으로 둘러싸여 있는 것에 너무 익숙해져서, 음악 없이는 이제 잠도 잘 수 없어."

"단지 많이 접한다고 해서 익숙해진다는 것은 씨발 개소리야. 그 년은 나쁜 년이고 지가 무슨 말을 하는지도 잘 몰라."

이상하게도 월은 갑자기 화를 냈다.

마이크는 침대에서 몸을 일으켜 창문을 열었다. 자동차 몇 대만 집으로 향할 뿐, 거리는 텅 비어 있었다. 한 남자와 한 여자가 맞은편 아파트 현관을 향해 천천히 걸어가고 있었고, 딸로 보이는 한 작은 소녀가 그들의 발자국을 좇고 있었다. 밖으로 몸을 내밀며, 마이크는 허공에 대고 휘파람으로 노래를 부르려고 했다. 그러나 소리는 목 안으로 힘없이 가라앉기만 할 뿐 몸 밖으로 터져나오지 못했다. 눈을 가늘게 뜨자, 가로등 빛줄기들이 모여 하나의 큰 별이 되더니 도로 위를 감돌았다. 그러다 물 흐르듯 어두운 아스팔트 길 위로 쏟아지면서 깨지고 갈라진 틈을 모두 메웠다. 이 생물체 같은 빛은 모든 사물과 사람들, 커다란 철제 쓰레기통, 주차된 차들, 남자와 여자, 그들의 아이를 인

위적으로 보이게 했다. 그리고 곧 모든 풍경이 하나의 연극 무대처럼 살아나 최소한의 관객들만을 위해 공연을 하는 밤의 소극장처럼 보였다.

    마이크는 마음속으로 메이를 그려보았다. 평소에 입는 갈색 터틀넥 셔츠와 격자 무늬 스커트를 입고, 뉴욕의 어느 거리를, 많은 남자들 중에서 아무나 골랐을 한 남자와 함께 걷고 있는 모습을 떠올려보았다. 정말이지 메이의 남자는 그 누구라도 될 수 있었다. 심지어 마이크 자신도 그 중 하나가 될 수 있었다. 마이크는 이 남자가, 뮤지컬에서 춤을 출 때처럼 그녀를 손으로 리드하며 거리에 늘어서 있는 가게들을 지나 밤새도록 돌아다니는 모습을 상상했다. 마이크는 메이가 이 남자에게 과연 노래를 불러줄지, 아니, 이 남자가 음악이란 것 자체를 좋아할지 궁금했다.
    "마이크." 윌이 갑자기 그의 어깨 쪽에 다가왔다. "나 여기서 자고 가야 할지도 모르겠다."
    마이크는 정신을 되찾는 데 시간이 조금 걸렸다.
    "우리 어머니가 좋아하시지 않을 거야."

"부탁해. 나, 정말 여기 있어야 돼."

마이크는 윌의 귓가에 있는 상처를 힐끗 쳐다보았고, 윌은 이를 알아채고 고개를 돌렸다.

"이 상처 뭐냐고?"

윌은 손가락으로 상처를 문지르면서 아무 말도 하지 않았다.

"또 아버지가 그랬냐?"

윌은 끝내 고개를 끄덕였다.

"바닥에서 자." 마이크는 말했다.

윌은 고맙다는 듯 씨익 웃으며 침대 위에 앉았고, 마이크는 갑자기 감자칩이 먹고 싶어 부엌으로 갔다. 왠지 모르게 손이 끈적끈적하게 느껴져서 냉장고를 열고 손바닥이 차가워질 때까지 넣고 있었다. 어머니 방으로 다시 잠깐 가볼까 했지만, 그러지 않는 게 낫겠다고 생각하고는 감자칩 봉지를 들고 방으로 조용히 돌아왔다.

둘은 침대에 기대어 바닥에 주저앉아 요란하게 감자칩을 씹어댔다. 마이크는 배가 너무 고파서 머릿속에 아무런 생각도 들지 않았다.

"어머니 어디가 아프신 거냐?" 윌이 우걱우걱 씹으며 말했다.

"묻지 마." 마이크는 천천히, 그러나 힘겹게 숨을 내쉬었다.

윌은 계속 감자칩을 씹으면서 다시 묻지 않았고, 마이크는 그가 무슨 생각을 하는지 궁금했다.

"많이 아프셔."

"뭔데?"

"나쁜 병이야."

"아." 윌은 입 안에 든 것을 다 먹고 봉지를 둘둘 말아 여몄다. "최악이다."

"정말 그래."

방에는 적막이 가득 했다. 마이크는 왠지 더이상 약기운에 취해 있고 싶지 않았다. 적막 대신 무슨 소리라도 들리게 하기 위해 그는 봉지를 열어 감자칩을 다시 씹기 시작했다.

3.

모든 사물을 살짝 흑백 영화처럼 보이게 하는, 창가의 서광으로 보아 두어 시간 이내에 해가 뜰 것 같았다. 그때가 되면 어머

니가 일어날 것이다.

마이크의 머릿속은 연속적으로 요동치는 파장을 타고 빠르게, 약간 지나치게 빠르게, 벌써 십 분이 넘도록 빙빙 돌고 있었다. 두려운 마음이 들기 시작했지만, 아무 말도 하지 않기로 마음먹었다. 정신을 집중시킬 만한 무언가를 찾아보기로 했다.

"야, 신기한 거 보여줄까?"

그는 바닥에서 일어나 방문으로 향하며 말했다. 발이 부은 것같이 무거웠다. 둘이 거실로 가면서, 마이크는 서툴고 무감각한 느낌으로 차가운 바닥 위를 걸었다.

"어머니 깨시면 어떡해?" 윌이 호기심인지 조바심인지 모를 목소리로 물었다.

"걱정하지 마."

마이크는 거실 흔들의자 옆, 구석에 놓인 참나무 찬장 앞으로 윌을 데려갔다. 쭈그리고 앉아, 삐걱 소리를 내며 찬장 문을 열고 레코드판 몇 장을 꺼냈다. 손가락으로 비닐 커버를 쓰윽 훑어서 얇게 쌓인 먼지 사이로 또렷한 선을 내었다.

"오호." 윌은 감탄했다. "너, LP 모아?"

"이거 한번 봐봐."

마이크는 레코드 한 장을 윌에게 건넸다. 윌은 손을 뻗어 조심스레 자신의 손바닥에 레코드를 올려놓았다. 보호막처럼, 끝이 다 너덜거리는 빛바랜 분홍색 비닐에 싸여 있었다.

"너희 어머니네?" 윌이 깜짝 놀라 커버 사진을 들여다보며 말했다. "멜리 마인?"

"어머니의 이름이 멜리사 플랫이 되기 전의 이름이야. 예명."

윌은 레코드의 뭉툭한 양 끝을 손가락으로 훑으며, 커버를 찬찬히 살폈다.

"이거 진짜 멋있다. 너네 엄마가 가수였는지는 몰랐어."

"뮤지션이었지."

"앨범도 내셨다니……"

"응, 세 장이나 내셨었어." 마이크는 자신의 목소리에 자부심이 섞여드는 것을 느꼈고, 동시에 그것이 자신을 초조하게 만든다는 것을 알았다. "근데 다 오래 전 얘기야."

"들어볼 수 있어?"

"이제 우리집엔 턴테이블이 없어."

"그럼 어떻게 들어?"

"듣지 않아."

마이크의 머릿속은 갑자기 더욱더 어지러워지기 시작했다. 소용돌이. 입 안이 바짝 말랐다.

"물 좀 마셔야겠어." 마이크는 윌에게서 거칠게 레코드를 빼앗아 들며 말했다. 레코드를 찬장 안에 다시 넣고 부엌으로 향했다.

"너 괜찮아?" 윌이 그의 뒤를 바짝 쫓아가며 물었다.

마이크는 수도꼭지에서 물 한 잔을 따라 벌컥 들이켰다. 긴 숨을 몇 번 들이쉬고는 한 잔을 더 마셨다. 그러고 나니 기분이 나아졌다.

방으로 돌아와, 마이크는 윌에게 덮고 자라고 코트를 내주었다. 그리고는 곧바로 불을 끄고 침대에 누웠다. 잠들고 싶었다. 가슴에 손을 얹고 심장 박동을 느꼈다. 약간 빨랐다. 눈을 감고 부담스러운 박동에 대해 생각하지 않으려고 노력했다.

"너 떠나면 어떻게 되는 거야?" 윌이 오랜 침묵 끝에 물었다. "너네 어머니 말야."

마이크는 대답하지 않았다.

"누가 대신 어머니를 돌보게 되는 거야?"

심장이 손바닥 아래서 격렬하게 두근거리며 점점 더 빠르게 진동하고 있었다. 마이크는 가슴을 더욱 꽉 조여 눌렀다.

"암이나 뭐 그런 거야?"

엄청난 힘으로, 거칠게 치밀어오른 구토가 마이크의 목에 걸려 모든 감각을 분리시켰다. 마이크는 가슴에 손을 얹고, 윌을 쳐다보기 위해 몸을 조금 일으켰다.

"닥쳐."

윌은 당황하며 그를 마주 보았다.

"아니, 나 지금 진지하게 묻는 거야."

"니가 뭔데 상관하고 지랄이야?"

"그냥 물어보는 거잖아."

"닥치라고, 씨발."

마이크는 몸을 돌렸다. 진심으로 고장 난 오디오가 기적적으로 알아서 작동되기를 바랐다. 그저 아무 소리나 방을 채워서 그의 심장박동 소리가 들리지 않게 해주기를 바랐다. 윌에게 왜 이렇게 화를 냈는지 알 수가 없었다. 마이크는 갑자기 죄책감이

들면서, 땀이 나기 시작했다.

"미안해." 윌이 먼저 사과했다.

그때, 마이크의 가슴속에서 터진 무언가가 머리 한쪽을 찌르는 듯했다. 손으로 머리를 감싸고 나서야 자신이 땀을 너무 많이 흘리고 있다는 사실을 알아챘다.

"윌, 내 맥박 좀 재봐."

윌은 눈을 뜨고 천천히 마이크에게 고개를 돌렸다.

"뭐라고?"

"빨리, 내 맥박 좀 재봐."

잠시 멍하니 바라보던 윌은, 마이크가 덜덜 떨고 있는 것을 보고 마이크의 목에 손가락을 대고 맥박이 뛰는 곳을 짚었다.

"찾았다." 그가 말했다. 마이크의 목덜미는 매우 뜨거웠다.

"내가 십오 초를 셀게." 마이크가 숨가쁘게 말했다. "맥박수를 세어줘."

"알았어."

"자… 시작."

"하나… 둘…"

"잠깐, 너무 느리게 세고 있잖아."

"확실해?"

사실 윌은 약기운 때문에 몽롱해서 확신할 수가 없었다.

"응, 지금 넷 다섯 정도 됐을걸."

"아 씨발, 나 아직도 좀 맛 갔어."

"나도 그래."

"어쩌지. 아, 씨발 씨발!"

"알았어, 그럼 니가 십오 초를 세, 내가 맥박수를 셀게."

마이크는 손가락 두 개를 자신의 손목에 대고 맥박이 뛰는 곳을 찾았다.

"자, 시작."

"일… 이… 삼… 사…" 윌은 속도를 유지하려 노력하며 초를 세었다. "열넷… 열다섯… 그만! 몇 개야?"

"정확한 속도로 센 거 확실해?"

"마이크, 나 지금 맛 갔다고."

"서른다섯. 서른다섯 곱하기 사."

"백이십!"

"아냐. 백팔십."

마이크의 얼굴은 벌겋게 달아올랐고, 이제는 비맞은 듯 땀을 흘리고 있었다. 윌은 재빨리 불을 켜고, 책상으로 달려가 계산기를 찾았다. 거꾸로 들고 있던 계산기를 바로 고쳐 들었다.

"잠깐만. 얼마였지?"

"서른다섯."

그는 숫자를 눌렀다. "백사십."

"좆됐다."

"이거 정상이야? 정상이면 몇 개여야 해?"

"백 개."

"썅."

윌은 어쩔 줄 몰라 하며 억지로 마이크를 이불로 감싸려 했다. 마이크는 그를 밀쳐냈다.

"싫어. 싫어. 창문을 열어."

"앰뷸런스를 부를게."

"아냐."

"불러야 해."

"씨발, 부르지 마. 어머니가 깨실 거야."

"니 얼굴이 지금 얼마나 빨간지 알아?"

"괜찮아. 창문 열어. 빨리."

"열려 있어."

"맥박 다시 재줘."

월은 마이크의 맥박을 재고 또 쟀고, 잴 때마다 맥박수는 증가했다. 마이크는 기침을 하면서 고통스러운 신음소리를 내기 시작했다. 눈꺼풀이 심장박동에 맞추어 파르르 떨리는 것을 느꼈지만 그래도 눈을 뜨고 있으려 노력했다. 마찬가지로 월도 땀을 흘리고 있는 것이 보였다. 월은 양 손으로 머리카락을 움켜쥐고 미친 사람처럼 벽에서 벽으로 왔다갔다하고 있었다. 바람소리. 엄청난 공포가 마이크의 등으로 스며들었다.

"도움이 필요해." 월이 갑자기 꼿꼿이 선 채로 말했다.

마이크는 나가지 말라고 말하려 했으나, 입에 힘을 모으기도 전에 월은 방문을 열고 사라져버렸다.

등을 침대에 딱 붙인 채, 마이크는 밑에 깔려 있는 시트를 세게 움켜쥐었다. 손톱이 손바닥을 파고 들 정도로. 시트는 잡히지 않고 손에서 미끄러졌다. 깊은 물 속에서 수면 위로 떠오르려 발버둥치고 있는 것처럼 느껴졌다. 눈을 감았다. 머리 옆쪽에서 부드럽게 쿵쿵거리는 소리가 들려왔다.

그는 "월" 하고 속삭였으나, 자신이 아무런 소리도 내지 못하고 있다는 사실을 깨달았다. 두려웠다. 더 크게 속삭이고 또 속삭였지만, 아무런 대답이 없었다. 엄청난 피로와 혼란이 몰려오는 것을 감당하지 못하고 눈물을 흘렸다. 월이 집으로 가버린 건지 궁금했다.

그때, 쇠와 쇠가 부딪치는 듯한 소리와 함께 방문이 열렸다. 마이크는 머리를 애써 들었고 월이 숨을 미친 듯이 헐떡이며 방 안으로 뛰어들어오는 것을 보았다. 어머니가 월의 떨리는 팔에 이끌려 그 뒤를 따라 들어왔다.

"마이크의 맥박을 재봤어요." 월이 빠르게 말했다. "정말, 정말 높아요. 앰뷸런스를 부르려고 했는데 마이크가 못하게 했어요."

어머니는 방바닥에 뒹구는 파이프를 보고는 마이크를 쳐다보았다. 마이크는 더이상 아까처럼 심하게 땀을 흘리고 있지 않았지만, 여전히 숨소리는 날카롭고 무섭도록 가팔랐다. 어머니는

침대 위 아들 곁에 앉았다. 어머니는 그의 가슴에 손바닥을 누르고 심장박동을 느끼려고 애썼다. 미간에 뭔가 알 수 없을 정도로 씁쓸한 것이 지나갔다.

"이제 집에 가도 좋아." 어머니는 윌을 쳐다보면서 말했다.

"죄송해요. 정말 죄송해요."

"괜찮다. 집에 가거라." 어머니의 목소리가 떨렸다.

"윌이 그냥 있게… 해주세요." 어머니를 올려다 보며 마이크가 말했다. "윌은 집에 갈 수 없어요."

윌은 계속 더 사과의 말을 중얼거리더니, 방구석의 벽을 타고 미끄러져 주저앉았다. 윌은 몇 차례 긴 숨을 더 내쉬었고 눈을 감았다.

어머니는 아들의 이마에 손을 얹어 땀으로 끈적이는 열을 느꼈다.

"아가." 어머니가 말했다. "앰뷸런스를 부를게."

"정말 죄송해요." 마이크가 눈을 뜨려고 안간힘을 쓰며 대답했다.

"가만히 누워서 움직이지 마, 알겠지?"

병원 응급실에 전화를 걸고 난 뒤, 어머니는 수건과 뜨거운 물을 한 컵 가지고 아들 곁으로 돌아왔다. 어머니는 아들의 팔다리를 부드럽게 문지르며, 땀을 닦아내었다. 곧 앰뷸런스가 올 테지만 어머니가 지금 할 수 있는 일이라곤 아들을 깨어 있게 하는 것뿐이었다.

"곧 괜찮아질 거야, 알았지?"

어머니는 컵을 마이크의 입술에 갖다 대고, 물을 조심스럽게 남김없이 입 속으로 흘려넣었다. 어머니는 마이크의 입가를 닦아주었다.

"죄송해요." 마이크가 울먹였다.

"물 더 줄까?"

"엄마, 죄송해요."

"괜찮아. 물 더 줄까?"

"아뇨." 마이크는 손을 어머니의 무릎 위에 부드럽게 올려놓았다.

"노래 불러주세요."

"응?"

"노래."

어머니는 움직이지 않고 조용히 앉아 있었다. 마이크가 다시 말했다.

"노래 하나 불러주세요, 엄마."

어머니의 작은 손 아래 놓인 그의 가슴이 심하게 헐떡였다.

어머니는 잠시 머뭇거리더니 고개를 끄덕이고는, 천천히 연약한 목소리로 〈아메리칸 파이〉의 첫 소절을 부르기 시작했다. 어머니는 눈을 감고 노래를 부르면서, 자신의 목소리가 얼마나 약해졌는가를 느꼈다. 아들이 그것을 눈치챌까 두려웠지만, 계속해서 노래를 불렀다.

안녕히, 미스 아메리칸 파이여
내 쉐비를 몰고 제방으로 갔네
하지만 제방은 말라 있었다네
순박한 시골 사내들이 위스키를 마시고 있었다네
오늘이 내가 죽는 날이라고 노래하면서

"엄마, 그만." 마이크가 어머니의 노래를 끊으며 말했다.

*오늘이 내가 죽는 날이 될 거야...*

"엄마, 그만 해요." 마이크는 어머니의 무릎 위에 올려놓은 손에 더욱 힘을 주며 다시 말했다.

어머니는 눈을 뜨고 놀라 아들을 바라보았다. 그제야, 방금 자신이 부른 구절의 내용을 깨닫고 아들의 손에 자신의 손을 포개며 말했다.

"오, 세상에. 이건 그냥 노래에 나오는 말인데, 미안해."

"알아요." 마이크가 말했다. 그는 눈물이 볼을 타고 흐르는 걸 느꼈다.

"걱정 마, 아들아." 어머니는 아들의 얼굴에 더 가까이 몸을 기울이며 엄지손가락으로 눈물을 닦아주었다. "앰뷸런스가 거의 다 왔어."

마이크는 갑자기 어머니에게 노래를 불러달라고 했던 게 부끄러워졌다. 순간 바보처럼 킬킬거리기 시작했다. 그러자, 어느

새 졸고 있던 윌도 눈을 뜨고 킥킥거리기 시작했다. 마이크는 어머니의 손을 꽉 잡고는 어머니를 자신의 옆으로 끌어당겼다.

"난 괜찮을 거예요."

"그럼, 그럼."

마이크는 어머니의 뒤편 구석에서 조용히 웅크리고 앉아 있는 윌을 쳐다보았다.

"윌, 미안해." 마이크가 갈라진 목소리로 말했다.

"뭐가 미안해, 임마."

"오늘밤, 미안해." 살짝 숨을 몰아 쉬며 마이크는 계속 말했다. "오늘이 아마 니 인생 최악의 날이겠다."

윌은 손으로 얼굴을 덮었고, 마이크는 그가 자신의 말을 들었는지 궁금했다.

"너만 괜찮아지면…" 윌이 다시 고개를 들며 말했다. "오늘이 인생 최고의 날이 될 거야."

마이크는 어머니를 감싸안으려고 애썼다. 어머니를 안아본 지 너무 오래되었다. 어머니의 몸이 마이크가 기억하는 것보다 훨씬 더 작게 느껴졌기 때문에 자신이 어떤 식으로든 자라 있음을 느꼈다.

"엄마, 우리 그냥 자요. 앰뷸런스 같은 건 필요 없어요. 그냥 어서 주무세요."

세 사람 가운데 주인이 필요하거나 어른이 필요하거나 그럴 경우 그게 자신이고 싶다는 생각이 스쳤다.

침실 창문 가득 여명이 비치기 시작했다. 마이크는 떨리는 팔로 어머니를 안고서, 그냥 이대로, 셋이 다 함께, 결코 떠나야 할 필요 없이 잠들어버렸으면 하고 바랐다.

| HOM SURRENDERED | CERTIFICATE CANCELED ||| LEFT BY | DATE | IN WH |
|---|---|---|---|---|---|---|
| | Ledger Folio | No. Certificate | No. Shares | | | |

winter, 2000

휴식
—
—
Break


~~Once~~ the kids left the classroom, Frank sat on his hard steel chair for the first time and caught his breath.


학생들이 교실에서 모두 빠져나가고, 피터는 그제야 딱딱한 철제 의자에 걸터앉아 한숨을 내쉬었다. 손에 쥔 건조하고 퍽퍽한 분필의 감촉은 기묘했다. 손바닥에 좀약이 가득 뭉개져 있는 느낌.

봄이었지만 블라인드는 내려져 있었고, 불은 꺼져 있었으며, 버려진 책 위에 먼지 가루가 쌓이듯 느린 속도로 한기가 그의 팔에 내려앉았다.

시간이 많지 않았다. 학생들은 곧 다시 돌아올 것이고 그는 거대한 칠판 앞에서 한 시간은 더 서 있어야만 할 것이다. 이런 순간을 위해서라도, 책상 서랍 안에다 럼주를 보관해두는 것은 다행스런 일이었다. 물론 아무도 이 사실을 몰랐다. 학교에서도, 집에서도.

그는 재빨리 럼주 네 모금을 삼키고 눈을 감았다. 교실의 정적 속으로 무력하게 빠져들고 싶었다. 이 정적이 지난 한 시간 동안의 수업 내용과 수학 공식들을 완전히 지워 없애주었으면 했다.

— 휴식이 필요해.

잘나빠진 친구란 것들의 목소리.

— 피터, 너는 휴식이 필요하다고. 가고 싶은 곳으로 떠나.

그는 럼주를 다시 서랍 안에 숨기고, 입속에다 민트사탕 몇 알을 넣고는, 어디로 가고 싶은지, 과연 그런 곳이 존재하긴 하

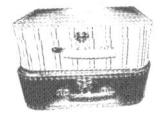

는지, 그저 일어나서 훌쩍 떠나버리는 게 가능한 일인지 생각해 보았다. 머릿속에는 희미한 구름이 형태를 취하기 시작했다.

그때, 종소리가, 총구에서 발사된 총알처럼, 교실 안으로 왁자지껄한 목소리들을 불러들였고, 동시에 피터의 가슴을 꿰뚫었다.

fall, 1998

## 쥐
## ―
## ―

## The Rat

The rat lumbered through the open door into Mark's bedroom, stepping across a shirt, a pair of boxers, and finally setting itself atop a stack of paper.

쥐 한 마리가 묵직한 발걸음으로 마크의 열린 침실 문 사이로 들어와, 바닥에 던져진 셔츠와 한 장의 팬티 위를 가로질러 종이 더미에 올라앉았다. 쥐의 긴 수염은, 낡은 엔진 소음처럼 엄청난 소리를 내며 진동하는 아랫배의 깊고 뚜렷한 리듬에 따라 건들거렸다. 쥐가 머리를 기울인 채 위로 쳐든 모습은 창문으로 스며든 오후의 햇살을 받아, 마치 심오한 질문에 대한 답을 인내심 있게 기다리는 것처럼 지적으로 보이기까지 했다.

마크는 잠에서 깨자마자 손으로 주변을 더듬어봤지만 여자는 이미 가고 없다는 것을 알았다. 이런 상황은 잠들었을 때 꿨던 꿈만큼이나 금세 무의미해졌으므로, 익숙했다. 그는 더듬던 손을 멈추고 짧은 한숨을 내쉬고는 몸을 돌려 베개에 얼굴을 파묻었다. 그녀의 머리카락에서 맡아지던 달콤한 향기가 아직까지 베개에 남아 있다는 사실이 놀라웠다. 그는 온몸의 감각을 동원해 향기를 흠뻑 맡았다. 그러나 곧, 그 향기는 어떤 색깔 위에 비슷한 색을 덧칠해놓은 것처럼 도무지 알 수 없는 단조로운 냄새가 되더니 완전히 휘발되고 말았다.

그는 베개에서 힘겹게 고개를 들고 일어나 방바닥으로 다리 하나를 내려놓았다. 그 순간, 차가운 쥐의 꼬리가 발꿈치에 닿는 게 느껴졌다. 마크는 쥐를 휙 걷어차버리고, 용수철처럼 침대로 단숨에 뛰어올랐다. 균형을 잡기 위해 벽에 손을 짚고, 낮은 천장 밑으로 몸을 굽혀 벽에 등이 닿을 때까지 숨 가쁘게 뒷걸음질쳤다. 날카로운 경련이 발바닥에서 허벅지까지 타고 올랐다. 그는 손바닥으로 허벅지를 때리고, 살짝 꼬집어보았다. 혼란.

쥐는 방 한구석에서 조용히 몸을 구부려 자신의 꼬리를 바라

보고 있었다. 엄청나게 컸다. 머리 높이만 봐도 마크의 발목 위까지 충분히 닿고도 남을 것 같았다. 공상과학소설. 거대한 벌 떼처럼 윙윙거리며 비좁은 굴에서 일제히 쏟아져나와 세포처럼 증식하는 거대한 쥐들이 거리에 홍수를 이루는. 쥐는 마크를 향해 어깨를 활처럼 구부린 채, 검정과 갈색이 뒤엉킨 머리통을 위협적으로 치켜세워 그를 올려다보았다. 수염까지 날리며 숨을 훅 불었다. 마크는 어찌할 바를 몰라 벽에 더욱 바싹 기댔다. 의심쩍은 눈초리로 침실을 둘러보았다. 바닥에 놓인 읽지 않은 잡지들, 열려 있는 옷장 안에 느슨하게 걸린 셔츠들. 아무리 둘러봐도 자신의 방이 틀림없었다.

 마크는 쥐의 머리가 자신의 움직임에 따라 움직이는 것을 보고, 책상 위 컴퓨터 옆에 놓인 소지품들을 집어들기 위해 조심스레 몸을 기울였다. 쥐는 못마땅하다는 눈짓을 보였다. 본능. 마크는 다이어리와 휴대폰만 건져 다시 뒤로 물러서며 자신이 필요한 것들, 최소한으로 필요할 것들이 또 뭐가 있을지를 살폈다. 그러고는 쥐와의 안전거리가 잘 유지되도록 다시 침대 위 벽 쪽으로 자리를 잡았다. 다이어리에서 종이 한 장을 찢어 공모양으로 구긴 다음, 방의 저편 구석으로 힘차게 던졌다. 쥐는 돌아다봤지만 쫓아가지는 않았다.

다른 방법이 없었다. 마크는 결심하듯 숨을 들이쉬고, 겨드랑이에 다이어리와 휴대폰을 끼고 온힘을 다해 쥐를 뛰어 넘어 문을 향해 달렸다. 하지만 그만 발을 헛디디는 바람에 바닥에 무릎을 찍고, 그 진동이 목까지 전해져 신음소리를 내뱉고 말았다. 고개를 돌리자 쥐는 이제 마크의 머리 위로 뛰어오를 기세로 몸을 웅크리고 있었다. 마크는 떨어뜨린 물건들을 다시 주워 가슴에 꼭 끌어안은 채 다리를 질질 끌며 겨우 일어섰다. 쥐가 한 걸음 앞으로 내딛자, 그는 재빨리 방 문 사이로 몸을 내던지고 뒤돌아 문을 쾅 닫아버렸다. 탈출 성공.

마크는 곧바로 바닥에 주저앉아 한 손으로 무릎을 감쌌고, 쥐는 등 뒤에서 문을 긁어대기 시작했다. 섬뜩한 이 순간이 너무도 터무니없어 그만 웃어버리고 싶었으나 숨을 고르기조차 힘겨웠다. 그럼에도 불구하고 그는 순간 배고프다는 생각을 했다.

🌑 🌒 🌓 🌔

 해밀턴이 도착했을 때, 그제야 마크는 세상이 서서히 원위치로 돌아오는 것을 느꼈다. 사실 해밀턴이 곁에 있을 때는 항상 세상이 반듯하게 돌아갔다. 그는 이번에도 늘 쓰고 다니는 모자를 쓰고 나타났다. 검고 작은, 그의 머리 한쪽에 매달려 있듯 정교하게 기울어져 있는 중절모.

 해밀턴에게 커피 한 잔을 건네려 했으나 그는 사양했다. 마크는 소파 옆으로 의자를 끌어다 놓고, 마치 집주인처럼 소파에 근엄하게 앉아 있는 해밀턴 옆에 앉았다. 마크는 머그잔을 든 자신의 손이 살짝 떨리는 걸 깨닫고, 잔을 얼른 커피 테이블 위에 내려놓았다.

 "요즘 어때?"

 해밀턴이 물었다.

 "사실, 좀 혼란스러워요."

 해밀턴은 마크의 말이 무슨 뜻인지 알아듣지 못하는 듯했다.

 "아, 제 말은 여자 캐스팅이요."

 마크는 자신의 무릎의 멍을 내려다보며 얼마나 오래갈지 궁

금했다. 쥐꼬리가 발꿈치에 스쳤던 서늘한 느낌은 아직도 선명했다. 고드름 같은 게 한쪽 발바닥에 붙어 있는 것 같기도 했다. 그 쥐가 어디에서 나타났는지는 중요하지 않았다. 도대체 어떻게 그렇게 큰 쥐가 사 층에 있는 이 아파트에 들어올 수 있었는지 궁금했다. 구멍이 어디에 있는 거지? 대체 이렇게 큰 구멍이 어디에 있는 거지?

"마크?"

해밀턴은 어리둥절해하는 표정을 짓고 있었다. 짜증이 나거나 답답한 듯. 그는 담배에 불을 붙였다.

"무릎은 왜 그래?"

"넘어졌어요."

해밀턴은 지나치게 오래 웃었고, 그 소리의 크기는 마크의 말을 완전히 별 거 아닌 것으로 만들어버렸다. 그는 목을 가다듬더니 말을 계속했다.

"여배우… 결정은 했어?"

마크는 그들이 이 문제에 대해서 아주 오랫동안 구체적으로 얘기해왔던 것처럼 곧바로 진지하게 해밀턴을 마주보았다.

"아만다, 아니면 발레리입니다."

"오오, 발레리는 아냐. 걔는 아니라고. 별로 질이 좋지 않아."

"그럼, 아만다."

"좋아 보여?"

"네, 괜찮아 보여요. 뭐, 어차피 발레리보다 아만다가 더 낫다고 생각하고 있었어요."

"몸매는?"

"발레리랑 똑같아요."

"똑같다고?"

"키만 약간 더 작아요."

해밀턴은 턱을 문질렀다.

"노출에 대해서 얘기해 봤어?"

"대본에 있는 내용에 대해서만 얘기했어요."

"사진 있어?"

"아뇨."

"그래. 사진 찍을 때 나도 갈게."

"물론이죠."

해밀턴은 다시 목을 가다듬고 고개를 끄덕였다.

"센트럴 파크에서 하는 〈줄리어스 시저〉, 아직 안 봤어?"

마크는 고개를 저으면서 다시 멍 자국을 내려다보았다. 그는 멍 위에다 손가락을 올려놓았다. 멍을 만지는 일은 아프지만 동시에 역겨울 정도로 기분 좋은 일이기도 했다.

"흑인 안토니가 나오더군. 현명한 캐스팅이야."

해밀턴은 마치 캐스팅을 성사시킨 사람이 바로 자신인 것처럼 말했다.

"밋밋한 배역들에 색깔을 입히는 거지."

그는 담배 한 모금을 빨더니 연기를 입 안에 머금은 채 마크에게 재떨이가 어디 있냐고 눈짓을 해 보였다.

"그냥 테이블 위에다 털어요."

잠시 주저하더니, 그는 시키는 대로 테이블 위에 재를 털고 마크를 훑어보았다.

"너, 왜 그래?"

그때, 전화벨 소리가 대화를 끊었다. 마크는 해밀턴을 두고 부엌으로 들어가 전화를 받았다. 해충구제업체였다.

"메시지 남기셨죠?"

무뚝뚝한 남자의 목소리였다.

"사람 좀 보내주세요."

"어느 날짜로 예약하시겠습니까?"

"아뇨, 지금 바로 필요해요."

"우리 회사는 예약을 하셔야 하는데요." 잠시 어색한 침묵이 흘렀다. "가장 빨리 해드릴 수 있는 건 내일입니다."

마크는 순간, 발이 물어뜯기는 것 같았다. 그는 해밀턴을 슬쩍 쳐다보았다. 해밀턴은 이제 막 자리에서 일어나 거실을 어슬렁거리고 있었다.

"누구 아는 분 없어요? 프리랜서는요? 절대 내일까지 기다릴 수 없다고요."

"아뇨, 아마 그렇게 빨리 사람을 찾지는 못하실 거예요. 어떤 문제로 그러십니까?"

마크는 한숨을 쉬었다.

"아파트에 쥐가 있어요. 크기가 치와와만 합니다."

해밀턴은 책장 앞에서 책을 보고 있다가 이 소리를 들었는지 고개를 들었다. 전화기 속에서 껄껄대는 소리가 들려왔다. 그러고는 잠시 후에 마치 손으로 수화기를 막고 있는 것처럼 아무 소리도 들리지 않았다. 마크는 미식축구 따위를 보다가 전화를 받았을 이 뚱뚱한 남자가 자기 동료들에게 히죽거리며 얘기하고 있는 모습을 상상할 수 있었다. 충분히.

"내일중으로 직원을 보내드릴 수 있습니다." 다시 그 남자가 말했다. "저는 직접 작업을 하지 않지만, 말씀하신 쥐를 보기 위해 제가 가봐야할지도 모르겠군요."

마크는 이것만이 세상이 자신에게 베풀 수 있는 최선이라고 생각했다.

"그래요."


"집 안에 쥐가 있다고?"

해밀턴은 소파에 앉아 걱정스레 바닥을 살피고 있었다. 그의 모자는 머리 옆쪽으로 좀더 비틀어져 있었다. "어떻게 들어왔어?"

"문으로 들어왔겠죠, 아마."

해밀턴은 황당해하며, 마치 해독 불가능한 전문용어로 가득

한 페이지를 대면하고 있는 사람처럼 마크를 쳐다보았다. 그는 모자를 고쳐 쓰고, 보고 있던 책을 테이블에 올려놓았다. 마크는 그게 자신의 사진 포트폴리오인 것을 알고 놀랐다. 그는 그게 어디에 있었는지조차 까맣게 잊고 있었기에.

"상당히 멋진데." 해밀턴이 고개를 끄덕이며 말했다. "이걸 가지고 뭔가를 해봐."

"제자리에 놔둬줄래요?"

"아냐, 진짜 멋져. 몰랐는걸." 그는 마치 마크에게 자기 자신이 만든 뭔가를 보여주는 것처럼 페이지를 넘겼다. "괜찮다면 내가 이걸로 뭔가를 엮어볼 수도 있어."

"됐어요."

"그럼 그러던가."

마크는 해밀턴이 알았다는 듯이 고개를 끄덕이면서 손 끝으로 모자를 튕기는 모습을 바라보며 자신이 이 남자를 얼마나 싫어하고 있는지를 새삼 깨달았다. 마치 수천 년은 살았다는 듯이 행동하는, 그 각각의 빌어먹을 매순간에 대해 할 얘기가 너무 많은 부류의 감독.

"캐스팅 일이면 충분해요." 마크가 말했다. 그는 포트폴리오를 덮고 커피 테이블 아래에 내려놓았다.

해밀턴은 어깨를 으쓱하더니 고개를 끄덕이며 일어섰다. 묘한 어색함. 마크는 그를 현관 쪽으로 데려갔다.

"쥐는 어디에 있어?"

"침실에요."

"그렇다면 갇혀 있는 게군."

"그렇죠."

해밀턴은 미소를 지었다. 두꺼운 눈썹 끝이 둥글게 말려올라갔다.

"그럼 침대를 못쓰겠네. 캐스팅에 찬물을 끼얹었군." 그는 웃었고, 마크는 공허하게 바라보았다. "아, 맞다. 이거 좀 봐봐."

그는 주머니에 손을 넣어 작은 브로셔를 꺼내 마크에게 건네주었다.

"이게 뭐죠?"

"내 아들에 대해 얘기했을 텐데? 이제 막 티쉬를 졸업했어. 바로 이 작품, 아들의 작품 판권이 막 팔렸어."

마크는 브로셔를 획획 넘겨보았다. '시민 세임'이라고 씌어 있었다.

"다큐멘터리야. 〈시민 케인〉에 대한."

마크는 브로셔를 다시 접었다.

"제목 참, 기발하네요."

"그 녀석은 신동이야. 전혀 의심할 여지가 없지. 사실 나는 그 녀석이 영화를 하지 못하도록 말렸어. 정치 같은 보다 안정적인 것을 해보라고 했지. 그러나 요즘 이 바닥은 세대교체 중이야. 우린 이제 공룡들이지."

마크는 겉으로만 고개를 끄덕이며, 현관문을 열어줬다.

 ◎ ◎ ◎ ◎

해밀턴이 오기 전에 뭔가 할 일이 있었는데 그게 뭐였는지 도무지 기억이 나질 않았다. 마크는 거실 소파에 앉아 커피를 다 마시고 잔을 내려놓았다. 그러고는 해밀턴이 테이블 위에 버리고 간 담배꽁초를 집어들었다. 꽁초를 한참 바라보다가 입술 사이에 물고는 성냥을 찾으러 부엌으로 갔다. 성냥을 넣어둔 서랍

장은 반쯤 먹다 만 초콜릿과 콘돔 같은 잡동사니로 가득했다. 성냥을 찾기 위해 서랍장을 통째로 들어 엎어야만 했다. 쏟아진 잡동사니를 부엌 조리대에 그대로 둔 채, 마크는 다시 소파로 돌아와 꽁초에 불을 붙였다. 오랫동안 끊었던 담배의 맛은 역겨웠다. 그래도 그는 꽁초를 입에 계속 물고는 커피 테이블 아래에 놓인 포트폴리오를 집어 들었다.

**첫 페이지 : 티쉬 예술학교, 영화촬영 고급과정, 마크 윌리스.**

다음 페이지는 한 장의 사진이었다. 발가벗은 채 버스 정류장에 서 있는 한 남자가 가느다란 팔로 눈이 어지러울 정도로 새하얀 비둘기에게 먹이를 주는, 어두우면서도 강한 대조를 띤 흑백 사진. 마크는 큰 소리로 사진에 붙은 제목을 읽었다. 〈발가벗자, 평화를 발견하다〉.

2학년 때, 시내에서 기숙사로 돌아가는 막차를 기다리다 그 남자를 발견했다. 마크는 그 순간을 기억하려고 손가락 끝으로 사진을 문질렀다. 완벽한 촬영 컷이었다. 자신의 것이었지만,

바라보고 있는 지금, 본인이 이 작품에 조금이라도 관련이 있기나 했었는지 의심스러웠다. 그 순간과 지금은 너무 멀리 떨어져 있었다. 마크는 자신의 머리 위에 모자를 쓰는 척하면서 큰 소리로 말했다.

"아냐, 진짜 멋져. 몰랐는걸!"

포트폴리오를 덮어 소파 밑으로 밀어 넣었다. 그러고는, 해밀턴이 테이블 위에 남긴 담배 자국 옆에 꽁초를 비벼 꺼서 짝을 이루도록 했다.

아주 잠시 동안, 그는 쥐에 대해서 완전히 잊어버리고 있었다.

🌀 🌀 🌀 🌀

마크는 아만다 리치에게 배역을 제대로 설명해주기 위해서는 그녀를 저녁식사에 초대해야 한다고 확신했다. 꼭 필요한 절차는 아니었지만, 그는 그렇게 하는 것이 일종의 관행이라고 생각하고 있었다. 예전에 한 동료가 이렇게 말했다. "캐스팅은 다른 누군가를 위해 쇼핑하는 거야. 대리 쇼핑. 예를 들면 어머니를 위해 요리 재료를 사는 것과 같지. 근데, 가장 좋고 비싼 재료를

찾아서 샀는데, 제기랄, 결국 어머니는 그걸로 늘 똑같은 아주 엿 같은 요리를 만들어버려." 마크는 그 말을 단순하게 받아들였다. 제작이 시작되면 여배우가 더이상 자신의 것이 아니라는 것.

무릎 위에 전화기를 올려놓고 다이어리를 뒤졌지만, 아만다의 전화번호를 찾을 수 없었다. 다이어리에 적혀 있는 모든 메모를 몇 번이나 샅샅이 훑어보다가, 문득 번호가 적힌 서류를 침대 옆 바닥에 두었다는 사실을 깨달았다. 순간 다시 공포에 질렸다.

쥐는 사라져야 했다.

🐭🐭🐭🐭

마크는 조심스럽게 닫힌 문 앞으로 다가가 쥐의 숨소리를 확인하려 문에 귀를 댔다. 방 안에서 미세하게 바스락거리는 소리가 들렸다. 쉽지는 않았지만 그래도 문을 조금 열고 안을 들여다봤다. 두려워했던 대로, 쥐는 그대로 있었다. 여전히 종이 더미 위에 올라 앉아 의젓하게 자리를 지키고 있었다. 쥐가 깔고 앉은 종이 더미는 배우들의 이력서 뭉치. 아만다의 번호.

마크는 다시 문을 닫고, 자신이 정말 쥐 따위를 무서워하고 있는 건지 생각해보았다. 예전에 아버지가 부엌에서 프라이팬으로 쥐 한 마리를 때려잡았을 때, 어머니가 아버지의 등 뒤에 숨어 비명을 지르던 모습이 기억났다. "그냥 쥐일 뿐인데 뭘." 그때 아버지는 말했다. 그렇지만 마크는 아버지라도 지금 이 문 뒤에 있는 쥐라면 세상 모든 기준에 대해 다시 한번 생각하게 될 거라고 느꼈다.

어쨌든 아만다의 전화번호가 저 안에 있었다. 오늘밤 자체가 통째로 저 안에 있는 셈. 그만큼 절실한 것이었다. 그는 스스로를 한심해하며, 머릿속으로 다양한 시나리오들을 떠올려보았다. 단지 저 빌어먹을 방 안으로 뛰어들어가 쥐를 겁주고 침대 밑으로 몰아넣어버릴 수도 있을 것이다. 하지만 쥐가 과연 침대 밑으로 들어갈 수 있을 만한 크기인지 의문스러웠다. 그리고 이 모든 상황은 어떤 사람이 몸에 생긴 흉측한 상처의 출처에 대해 설명할 때 들려주는 과장된 에피소드가 될 것 같았다. 모두 위험요소가 너무 컸다.

부엌에서 빗자루를 가져다가 다시 문 앞에 섰다. 문을 조금

열고 그 틈새로 쥐를 뚫어지게 바라보았다. 쥐는 마크가 자신을 쳐다보고 있다는 것을 눈치 채지 못한 듯했다. 빗자루의 머리 부분을 잡고 조심조심 쥐로부터 몇 인치 떨어져 있는 거리까지 손잡이를 슬며시 밀어넣었다. 그리고 최대한 격렬하게, 쥐의 머리를 향해 확 들이밀었다. 그랬더니 쥐는 마치 손가락이 닿으면 반응하는 장난감처럼 펄쩍 뛰더니 침대 밑으로 돌진해 들어가 버렸다. 마크는 이 순간을 놓칠세라 방 안으로 뛰어들어가 종이 뭉치를 낚아채고는 문 사이를 스치듯 빠져나오면서 문을 쾅 닫았다. 작전 성공.

❄ ❄ ❄ ❄

거실로 돌아와 문서들을 뒤적이면서 마크는 엉뚱한 성취감을 느꼈다. 호치키스로 사진들을 고정시켜놓은 이력서들을 넘기며, 그가 만나본 몇몇 여자들에 관한 짧고 연속적인 회상에 빠져들었다. 마치 문서에 손을 대면 잃어버린 기억을 그릴 수 있는 초능력자처럼. 마크는 그들 중 두 명과 잠자리를 가졌었다. 한 명은 배역을 얻었고, 다른 한 명은 간절히 얻고 싶어했다.

그의 손가락은 아만다의 프로필 사진에서 멈추었다. 검고 짙은 머리와 도톰한 입술. 그녀의 이력서를 서류 더미에서 빼내어 자세히 읽어가기 시작했다. 특별한 것은 전혀 없었다. 고졸이었고, 이런저런 에이전시에서 모델 일을 했었고, 브로드웨이에서 〈레 미제라블〉의 에포닌 역할을 맡은 경력이 다였다.

아만다를 마크에게 소개한 사람은 그녀가 잠시 웨이트리스로 일하던 바의 사장이었다. 그는 그녀를 '죽이는 섹스' 상대라고 넌지시 소개했었다. 마크는 이런 식으로 사람의 특성을 한마디로 규정하는 것에 반감이 생겨 그녀의 이름을 떠올릴 때마다 머릿속에서 멜로디처럼 떠오르는 그 문장을 무시하려 했다. 무엇보다 그녀는 좋은 여배우라는 생각을 하고 싶었고, 그렇게 생각을 하려 애썼다.

마침내 그녀에게 전화를 걸었을 때, 그녀는 "잠깐만 기다려주실래요?" 하고는 〈엘리제를 위하여〉가 흘러나오도록 했다. 통화 대기음으로 전락해버린 베토벤. 마크는 자신이 우위에 있는 상황임에도 불구하고, 그녀를 기다리는 짧은 시간 동안 초조했다.

"아직 안 끊었죠?"

그녀가 다시 돌아와서 물었다. 그녀의 목소리는 상쾌했다.

"마크 월리스입니다."

"오, 세상에. 기다리시게 해서 정말 죄송해요. 막 옷을 갈아입고 있던 참이라…"

"아, 어디 나가세요?"

"아뇨, 그냥 조깅하러요. 별 일 없어요." 그녀는 목소리를 가다듬었다. "지금 좋은 일로 전화하신 거라고 말씀해주세요."

"아마도 그런 것 같군요." 마크는 뜻 모를 미소를 지었다. "하지만 당신이 오늘 저녁 저희 집에서 식사를 할 수 있느냐 없느냐에 달려 있지요."

"오늘밤이요?"

"괜찮아요?"

"아, 그럼… 네, 네. 좋아요."

"잘 됐네요."

"제가 배역을 얻는 건가요?"

"그건, 저녁 식사를 하면서 얘기해줄게요."

전화를 끊고 나서 마크는 마치 그녀의 목소리가 그의 귀에다 키스를 한 것처럼 느꼈다. 시계를 보고 정확히 세 시간이 남아 있음을 확인하고는 오늘밤을 어떻게 꾸밀지 구상하기 시작했다. 샴페인은 너무 부담스럽고, 와인 한 병과 스테이크 정도가 적당할 것 같았다.

그러나, 일종의 발작처럼 쥐에 대한 생각이 치밀어올랐다.

여자 앞에 쥐가 나타나는 일보다 더 끔찍한 일은 세상에 없을 것이다. 적어도 마크의 생각은 그랬다. 게다가 이놈은 다른 곳도 아닌, 그의 침실 안, 그것도 침대 바로 밑에 있었다. "캐스팅에 찬물을 끼얹는군." 해밀턴이 놀리듯 했던 말이 기억나면서 진흙이 퍼지듯 초조함이 가슴속 곳곳에 스며들었다.

그는 시내 레스토랑으로 약속을 바꾸기 위해 아만다에게 다시 전화를 걸었다. 그녀는 받지 않았다. 지금쯤 미용실에 갔을 것이 분명했다. 가진 건 집 번호뿐.

쥐는 사라져야만 했다.

🌑🌑🌑🌑

거리는 붐볐다. 보도를 바쁘게 걷는 사람들은, 건물 안팎을 드나들며 무슨 연극 리허설이라도 하는 것처럼 매우 '뉴욕'스러운 동선을 그리고 있었다. 쥐떼를 연상시키기도 했다. 인파를 헤치며, 마크는 필요한 것들을 머릿속으로 정리해보았다. 아만다와의 식사를 위한 쇼핑과 쥐를 퇴치하기 위한 쇼핑을 동시에 해야 했다. 좋은 와인 한 병, 스테이크 두 덩어리, 샐러드, 그리고 튼튼한 쥐덫.

전에는 단 한 번도, 자신의 아파트에서 한 블록 떨어져 있는, 유대교 하누키야(유대교 축제일인 하누카에 쓰이는 촛대)에서부터 나치 깃발에 이르기까지 잡다한 모든 것을 판다는 그 요상한 가게에 관심을 둔 적이 없었다. 인터넷 홈페이지는 '큰 세상을 구겨 담은 작은 가게'라고 스스로 자부했다. 전화를 걸어 쥐덫이 있냐고 묻자, 가게 주인은 "얼마나 큰 것을 원하시죠?"라고 물었고, 마크는 그 가게가 바로 자신이 찾는 곳임을 확신했다.

말 그대로, 억지로 작은 공간 안에다 세상을 통째로 구겨 넣은 것처럼 보였다. 타이어, 책, 가구 등 온갖 잡동사니가 일정한 분류나 규칙 없이 산더미처럼 쌓여 있었다. 어쩌면 이 많은 물건들은 어디서 가져오는 게 아니라, 가게가 생물처럼 이 물건들을 스스로 낳고 있는 건지도 모른다는 생각이 들었다. 작은 라디오에서는 <As Time Goes By>가 흘러나오고 있었다. 음질이 너무 안 좋아서 가사도 제대로 들리지 않았다.

"쥐덫이 필요해서 오셨나요?" 점원은 거구의 흑인이었는데, 청동빛으로 그을린 얼굴 때문에 동상처럼 보였다.

"어떻게 아셨죠?"

"손님이 오늘 우리 가게의 첫 손님이거든요." 그는 덜커덕, 바리톤 음색으로 웃어젖혔다. "그러니까 그게 생쥐인가요, 커다란 쥐인가요?"

"커다란 쥐요."

"얼마나?"

"내 발목보다 좀더 큽니다." 마크는 손으로 무릎 아래를 가리켰다.

"젠장, 큰 놈이네."

"제 침실 안에 있어요."

남자는 신중히 고개를 몇 번 끄덕이더니, 계속해서 끄덕거리며 카운터 뒤에 있는 문으로 걸어갔다. 그는 일본 나막신처럼 생긴 커다란 쥐덫을 갖고 바로 돌아왔다.

"드럽게 크네요." 마크가 말했다.

"이만하면 충분하죠?"

남자는 쥐덫을 카운터 아래에 내려놓더니, 수술을 시작하려는 의사처럼 소매를 걷어 올리고 가슴팍에 매달고 있던 안경을 썼다.

"다루기가 좀 까다로우니까 잘 들으세요."

마크는 너무 가깝지는 않게 몸을 앞으로 기울였다.

"바로 여기 이것이 미끼를 올려놓는 페달입니다. 그리고 여기 이것이 활입니다. 이게 조여주는 것이죠." 그가 손바닥을 딱 치면서 '빡' 하고 소리치는 바람에 마크는 깜짝 놀라 뒤로 물러섰다. "한 방에 뭉개버리는 거죠."

마크는 그 장면을 떠올려보았다. 그리고 거북한 숨을 꿀꺽 삼켰다.

"먼저, 미끼를 여기 페달 끝 부분 고리 안에 넣어두세요. 그런

데 아주 작게, 먹기 쉬운 조각으로 잘라서 넣어둬야 합니다."

"치즈요?"

"그렇죠."

"체다 치즈요?"

"맘대로 하세요. 어쨌든 쥐새끼가 치즈를 먹게 되진 않을 거잖아요."

"아, 그러네요."

"이 꺾쇠를 빼고, 활을 여기 뒤까지 당겨주시고 잠가주세요. 그런 다음 벽 옆에 놓고 기다리세요. 아, 쥐덫 아래에는 신문지를 깔아놓으시고."

"왜요?"

"이 쥐덫은 매우 강력해요. 쥐 내장으로 카펫을 칠하고 싶으신 건 아니죠?"

남자는 쥐덫을 나무상자 안에 넣어 마크에게 건네주었다. 생각했던 것보다 무거웠다.

"저기요." 마크가 말했다. "센트럴 파크에서 하는 〈줄리어스 시저〉 보셨어요?"

"물론이죠." 남자가 말했다. "흑인 안토니, 최고죠."

마크는 알고 있다는 듯이 미소를 지었다.

"캐스팅을 제가 했거든요."

이유없는 거짓말.

마크는 머릿속으로 요구사항들을 반복해보며 마트로 발을 옮겼다. 역겹게도, 쥐덫이 쥐를 뭉개는 장면이 계속 떠올랐고, 심지어 스테이크를 고르는 동안에는 쥐덫이 마치 자신의 복부를 꼬집는 듯한 느낌이 들었다. 그래서 대신 아만다를 생각해보려고 애썼으나, 그녀와 쥐에 대한 생각들이 뒤섞이지 않도록 하는 일은 어려웠다. 그리고 한 번. 의도하지는 않았지만, 아만다가 쥐덫에 나체로 뭉개진 채 죽어 있는 모습이 떠올랐다.

가득 찬 봉지를 들고 마크는 다시 아파트로 향했다. 그는 머리를 숙인 채 앞으로 두 시간 반 동안 무엇을 할 것인지 정리하면서 걷다 자신의 발이 현관 계단에 닿는 것을 보았다.

"마크."

뚝. 그는 걸음을 멈췄다.

메이였다. 그녀는 담배를 피우며, 발끝으로 바닥을 톡톡 차면서 계단 꼭대기에 서 있었다. 어젯밤과는 많이 달라 보였다. 머리를 풀어 어깨까지 늘어뜨리고 서 있는 모습은 그녀를 기묘하게 커 보이도록 했다. 마크는 메이에게 인사를 하기도 전에, "웬일이야?"라고 말해버렸다.

그녀는 담배를 바닥에 버리고 걸음을 떼면서 턱으로 현관을 가리켰다.

"들어갈 수 있을까?"

그는 시계를 봤다.

"응, 물론."

🙂🙃🙂🙃

아파트 안으로 들어서자 마크는 메이가 침실 문 쪽으로 갈까 봐 두려워졌다. 무턱대고 그녀의 앞을 가로막았다. 그녀는 깜짝 놀라며 한 걸음 물러서면서 눈에 힘을 주었다.

"침실에 들어갈 생각 없거든?" 그녀가 말했다. 그러고는, 마

크가 손에 쥐고 있는 봉지에서 와인 병이 튀어나와 있는 것을 보고 다시 물었다. "안에 누구 있어?"

"아니."

마크는 정말 우습다는 생각이 들었으며 말도 안 되는 말이라고 생각했으며 이게 무슨 꼴이냐고 생각하면서도 어쨌든 말했다.

"저 안에 쥐 한 마리가 있어."

그 말에 메이의 표정은 잠시 굳어졌다가 곧바로 쓴웃음과 함께 풀렸다.

"지랄하네."

그녀는 고개를 저으면서 거실로 갔다. 마크는 뒤따랐다.

부엌 테이블에 음식 봉지와 쥐덫을 올려놓고는 코트도 벗지 않고 소파에 앉아 있는 메이에게 말했다.

"물 한 잔 줄까?"

그녀가 고개를 끄덕이는지 어떤지를 보기 위해 곁눈질을 해야 했다.

그가 물잔을 들고 왔을 때, 그녀는 테이블에 있는 두 개의 담배 흔적을 보고 있었다.

"오래 있을 건 아니야." 그녀는 물잔을 들어 잠시 동안 물의 표면을 들여다보더니 마시지 않고 도로 내려놓았다. 마크를 쳐다보지도 않으면서 말했다. "뉴욕을 떠난다는 말을 하려고 왔어."

"뭐?"

"다시 공부하러 갈 거야. 애리조나로."

"어젯밤엔 아무 말도 안 했잖아."

마크는 물을 한 모금 마신 뒤, 그녀를 보지 않으려 애썼지만 어느덧 관찰하기 시작했다. 메이는 양손으로 관자놀이를 부드럽게 문지르며 고통스럽게 갈라지는 긴 한숨을 내쉬었다.

"오늘 아침에 왜 그냥 가버렸어?" 그가 물었다.

"사실 어젯밤 여기 있으면 안 되는 거였어, 마크." 그녀의 목소리가 거북할 정도로 낮게 깔렸다.

"왜 간다는 건지 얘기 좀 해봐."

"그래서 어젯밤에 온 거였어. 근데 우린 대화를 못 해. 넌 대화를 할 줄 몰라. 결국 자게 됐잖아. 늘 그랬듯이."

"그렇지 않아." 마크는 물잔을 내려놓았다. "대화하고 싶어."

"난 할말 없어. 할말 있으면, 니가 먼저 말해."

"알았어." 마크는 슬쩍 시간을 확인했다. "근데 오늘밤엔 안 돼. 무슨 일이 있어도 주말 전에 만나자."

"이것 봐." 메이는 갑자기 마크의 눈을 바라보며 말했다. "너 정말 개새끼야."

마크는 눈을 피했다. 그러고는 조용히 반응했다.

"네가 생각하는 그런 게 아냐."

"아니, 내가 생각하는 그런 게 맞는 것 같아."

메이는 부엌 쪽을 바라보고 있었다.

"진짜야. 해밀턴이 저녁 먹으러 오는 거야."

메이는 눈을 감고 머리를 뒤로 기댔다. 마크는 언뜻 그녀의 마스카라에서 눈물 같은 것을 보았지만 확신할 순 없었다.

"그래, 마크. 즐거운 밤 보내."

마크는 재빨리 몸을 기울여 일어나려는 메이의 어깨를 붙잡았다. 그녀는 그의 손목을 잡고 격하게 밀어제쳤지만, 일어서다가 발이 커피 테이블에 걸려 넘어질 뻔했다.

"아무 말도 하지 마." 메이는 숨을 고르며 말했다. "무슨 말을 할 생각도 하지 말라구."

"메이. 너 지금 너무 감정적으로 굴고 있어."

"닥쳐."

"풀어보자."

"닥치라고 했어, 마크."

그녀의 몸은 살짝 떨리고 있었다.

메이는 양손으로 관자놀이를 세게 누르면서 머리를 숙였다. 바람 빠진 풍선처럼 쪼그라들고 있어, 마크는 생각했다.

"니가 말했지?" 그녀는 고개를 처들며 말했다. "내가 너의 경제력이나 심지어 너의 그 빌어먹을 사생활조차 신뢰할 수 없다 해도, 너의 가능성만큼은 믿어달라고."

마크는 시선을 돌리며, 그녀도 다른 곳을 봐주었으면 했다. 그는 그런 말을 했다거나, 혹은 적어도 그런 단어들을 사용했다는 사실이 전혀 기억나지 않았다.

"근데 뭐야? 도대체 무슨 가능성?" 메이는 계속해서 말했다. "넌 이제 더이상 영화에 대해서는 지나가는 말조차 하지 않아!"

"그만 해."

"캐스팅 감독? 이게 니가 영화를 공부한 이유야? 여자애들하고 섹스나 하고 간신히 월세 버는 거?"

그녀는 아무도 없는 거실 쪽 허공을 향해 손을 흔들어댔다.

"그만 해."

"너, 지난 몇 년 동안 카메라에 손이나 대봤어?"

"씨발… 그만 좀 하라고."

마크는 그녀에게 다가섰지만, 그녀는 뒷걸음질쳤다.

"씨발? 지금 나한테……"

"그만 좀 하고 나가."

메이는 무언가 말하려고 입을 벌렸지만, 아무런 소리도 내지 못하고 굳어버렸다.

"내가 하는 일이 뭔지 나도 알아." 마크는 메이에게 등을 돌리면서 말했다. "나한테 이래라저래라 하지 마."

침묵. 에어컨이 돌아가는 소리뿐. 그 침묵은 수만 개의 속삭임들이 벌레처럼 번식하듯 점점 더 커져만 갔다.

"마크. 미안하지만, 이건 진짜 너가 아니야."

마크는 등을 돌린 채, 바닥에 또각거리는 메이의 하이힐 소리가 현관문 밖으로 사라질 때까지 움직이지 않았다. 그녀가 말한 모든 것을 단숨에 지워버리고 싶었다. 그래서 상상했다. 이 모든 것들은, 전혀 모르는 한 여배우가 절실히 배역을 바라며 벌인 또 하나의 처절한 오디션. 오버액팅. 하지만 상상을 지속하기가 어려웠다.

쥐덫의 활을 당기는 것은 놀라울 정도로 큰 힘을 요구했다. 이 정도면 쥐를 반토막 낼 수도 있을 거란 생각이 들었다. 활을 당겨놓은 뒤, 오늘밤 와인과 함께 먹으려고 산 커다란 체다치즈 덩어리에서 한 조각을 잘라 미끼 페달에 고정시켰다.

시계를 확인했다. 이제 한 시간밖에 남지 않았다. 스테이크는 굽기만 하면 되고, 마크가 당장 해야 할 일은 아만다가 오기 전에 쥐를 빨리 깨끗하게 없애버리는 것이었다.

손바닥 위에 쥐덫을 조심스럽게 올려놓은 채 문을 살짝 열고 쥐를 찾아보았다. 쥐가 눈에 띄지 않는다는 건 쥐가 아직도 침대 밑에 숨어 있다는 걸까? 문을 조금 더 열고 들어가 카펫 위

에 신문지를 깔았다. 그러고는 차에 아기를 태우는 아버지처럼 쥐덫을 조심스럽게 바닥에 내려놓았다. 뒤로 물러나면서 철저하게 준비한 자신의 솜씨에 감탄하고 쥐덫의 크기에 한 번 더 감탄했다.

커피 테이블 시트를 새 것으로 갈고 그릇들을 준비한 뒤, 마크는 다시 침실로 갔다. 시계를 다시 확인했다. 십오 분. 쥐가 이미 걸려들었을지도. 문을 살짝 열고 안을 들여다봤지만, 안타깝게도 쥐덫은 그대로 있었다. 마크는 서둘러 부엌으로 가서 크래커 한 그릇을 들고 돌아왔다. 그는 문 앞에 다리를 꼬고 앉아 크래커를 먹으면서, 쥐의 끝장을 기다렸다.

"치즈 먹어." 마크는 혼잣말을 시작했다. "사실 너 여길 떠나고 싶잖아, 안 그래? 그럼 조금이라도 치즈를 먹어보라구."

크래커 그릇이 완전히 비워졌지만, 현관 초인종이 울릴 때까지도 쥐덫은 여전히 그대로였다. 마크는 허겁지겁 그릇을 침실 안으로 던져놓고 방문을 닫았다. 옷매무새와 머리를 가다듬고

는 침실 문을 바라보며 멍하니 서 있었다. 프로포즈를 앞두고 반지를 잃어버린 바보 같은 심정이었다.

쥐는 마크를 초조하게 만들었지만, 아만다가 와인 세 잔을 마셨을 무렵, 안정이 찾아왔다. 그녀는 착 달라붙는 터틀넥 니트와 허벅지 선을 따라 무릎까지 바싹 붙어 내려오는 스커트에 검은 롱 부츠를 신고 있었다. 마크는 미리 커피 테이블을 거실 한가운데로 옮겨놓고 의자 두 개를 서로 마주보게 세팅해 놓았다. 테이블은 스커트 앞트임 사이로 그녀의 허벅지가 훤히 보일 만큼 낮았다. 아만다가 끝내 배역에 대해 묻자, 마크는 그녀와 발레리라는 여자 중에 한 명을 선택할 거라고 거짓말했다.

"정말 아이러니지." 그가 말했다.

그녀는 미소를 지었다.

"뭐가요?"

"처음 오디션을 봤을 때 긴장했던 사람은 너였는데." 마이크는 목 너머로 와인을 조금 넘겼다. "근데 지금은 아만다가 나를 캐스팅하고 있다는 느낌이 드네."

그녀가 웃었다. 그녀의 웃음은 뉴욕에 존재하는 그 어떤 웃음과도 달랐다. 말괄량이 소녀의 웃음처럼 유쾌하면서도 진솔한 공손함이 배어 있었다.

"맞아요. 아마 제가 감독님을 캐스팅하고 있는지도 모르죠."

그녀는 다시 웃었다.

죽이는 섹스. 그 문장이 갑자기 머릿속에 네온사인처럼 반짝거렸다. 마치 싸구려 바의 간판처럼. 마크는 어서 생각을 바꾸려했다.

와인이 동날 때까지 두 사람은 이런저런 얘기를 나누었고, 식사를 마친 그녀는 "뒤처리를 하지 않으면 견딜 수가 없어요"라며 설거지를 하겠다고 우겼다. 설거지가 끝난 뒤, 마크는 커피를 좋아하지 않는다는 그녀를 위해 핫초콜릿을 만들어주었다. 그들은 소파에 나란히 앉아 서로에 대한 첫인상에 대해 이야기를 나누었다. 마크는 그녀의 웃음소리를 계속 듣고 싶어서 말 중간 중간에 재치를 섞으려고 애썼다.

"사적인 질문 하나 해도 될까?" 그가 물었다.

"네, 하세요." 아만다는 마크의 허벅지 위에 손을 올리고 있었다.

"대학은 왜 가지 않았어?"

그는 그녀의 손이 긴장하는 것을 느꼈다.

"미안. 대답하지 않아도 괜찮아."

"괜찮아요." 그녀가 말했다. 그리고 억지 웃음을 지었다. "그때 아버지가 아프셨어요. 제가 필요하셨죠."

그녀의 눈 속에 빛나는 뭔가가 지금은 그녀의 아버지가 돌아가시고 없다는 사실을 알렸다. 마크는 자신의 손을 그녀의 손 위에 포개어 올려놓았다. 자신의 허벅지가 따뜻하게 눌리는 것을 느꼈다. 마치 예정에 있던 순서라도 되듯 그녀는 그에게 몸을 기울여서 그의 볼에 키스했다. 그도 고개를 돌려 그녀의 입술에 키스했다. 자신의 혀와 몸에 와인 향기가 흐르고 있음을 느꼈다.

"방으로 가요." 그녀가 마크의 귀에 속삭였다.

마크는 주저하며 말했다.

"그건 안 돼."

"네?"

"그럴 일이 있어."

"무슨?"

마크는 그녀와 밀착된 몸을 살짝 빼면서 숨을 내쉬었다.

"그 안에 거대한 쥐가 있어. 말도 안 되는 헛소리란 건 알지만, 그 새끼를 없애려고 하루를 다 소비했어. 근데 아직도 못 잡아서 쥐덫을 놓았거든."

아만다는 앞니로 엄지손가락을 깨물며 고개를 끄덕였다.

"뭐, 그럼 소파도 좋아요."

그녀는 곧바로 몸을 앞으로 기울여 부드럽게 마크를 눕혔다. 그리고는 그의 셔츠 단추를 하나둘 풀기 시작했고, 그는 주인을 잃은 듯한 자신의 손이 그녀의 니트를 걷어올려 목 위로 벗긴 다음 소파 옆에 내려놓는 것을 느꼈다. 그녀는 그의 셔츠 단추를 다 풀고 나서 그의 가슴에 키스를 한 뒤, 몸을 젖혀 브래지어를 풀었다.

그녀는 조금 더 거칠게 다시 그에게로 엎어지며 그의 가슴부터 귓가에까지 더듬어 키스를 하고는, 귀에 대고 웃으며 속삭였다.

"그 쥐를 확 죽여버릴까요?"

그녀의 입에서 쥐라는 단어가 나오자, 마크의 몸속에 독이 퍼지듯 거북함이 쏟아졌다. 그는 애써 그녀의 목에 키스를 하고 머리카락 속으로 손가락을 밀어넣었다. 하지만 손가락 끝의 감촉은 마치 소금을 만지듯 거칠었다.

"그 더러운 쥐새끼를 자기가 확 죽여버려요." 그녀는 또다시 웃으면서 속삭였다.

쥐. 마크는 갑자기 아만다의 몸이 가구처럼 무겁게 느껴졌고, 그녀의 몸이 그를 소파에 몰아넣고 죄어오는 듯 손끝 하나 움직일 수 없는 기분이었다. 아만다의 손은 이제 그의 지퍼를 열기 위해 아래로 향하고 있었다. 순간 그의 눈앞으로 번쩍하며 한 장면이 펼쳐졌다. 영원히, 아주 오래, 빈 방에서 혼자 깨어나서는 결코 옆에 존재하지 않는 여자를 확인하기 위해 주변을 더듬고 있는.

"잠깐." 마크는 그녀의 손을 부드럽게 제치며 말했다. "아닌 것 같아."

그녀는 그의 귓가에 숨을 거칠게 몰아쉬었고, 그러다 멈추었

고, 다시 퉁명스럽게 그를 뿌리쳤다.

"뭐라고요?"

마크는 그녀로부터 몸을 비틀어 돌렸다.

"이건 아니라고."

그녀는 팔로 가슴을 감싸 안으며 일어섰다.

"이건 아니라고?" 그녀는 갑자기 화가 난 듯이 반말을 했다. "그럼, 날 왜 집으로 부른 거야?"

마크는 일어서서 아만다의 어깨에 손을 올렸으나 그녀는 물러섰다.

"미안해." 그가 말했다. "오늘밤에 대해 잘못 생각한 것 같아."

그녀는 웃었다. 이번에는 그 특유의 웃음이 아닌, 약간 목이 쉰 듯한 웃음소리였다.

"괜찮다니까요." 그녀가 다시 몸을 기울이며 말했다. "배역을 얻기 위해 섹스를 한 건 처음이 아니거든."

섹스. 그녀가 뱉은 '섹스'라는 말은 '쥐'라는 말과 완벽하리만치 똑같이 들렸다. 마크는 그녀에게서 떨어지기 위해 손을 앞

으로 내저으며 뒤로 물러섰다. 그는 이제 이 모든 것이 잘못되었다고 확신했다.

"어떻게 그런 식으로 말할 수 있어?"

"뭘요? 당신도 이게 처음이 아니잖아요."

"그건 변명이 되지 않아." 마크는 한 발짝 더 뒤로 물러나며 말했다. "왜 이런 짓을 해야 하는 거지? 어떻게 이런 짓을 할 수 있지?"

그녀는 움직임을 멈추고, 커피 테이블 위에 놓인 접시의 먹다 만 스테이크로 눈을 돌렸다. 침묵.

마크는 그녀의 생각을 가늠할 수 없었다. 바닥에 던져진 그녀의 스웨터를 집어 건넸다. 그녀는 그를 쳐다보지 않고 그것을 받아 들고 소파에 앉았다. 그녀는 울기 시작했다.

"미안해." 마크가 말했다. "근데 아만다, 네가 이렇게까지 할 이유는 없다고 생각해."

그녀는 천천히 스웨터를 입고, 손바닥으로 스커트의 주름을 펴고 나서 그를 바라보았다.

"뭐든 해야 해요." 그녀가 말했다. "내가 촬영을 하면서 다른

누군가로 숨쉬는 짧은 순간들이 진짜 나로 살아온 지난 이십 몇 년의 시간들보다 훨씬 나으니까. 해야 해요."

아만다의 말은 대사를 읊는 것처럼 들렸다. B급 시나리오 작가. 그녀는 등을 돌리면서 다시 울기 시작했다. 마크는 꼼짝도 못 하고 서서 그녀의 목덜미만 바라보았다. 그는 갑자기 메이가 집에 있을지 궁금했다.

퍽.

굉장한 소리가 정적을 깼고, 그 소리에 깜짝 놀란 아만다는 가슴을 움켜쥐었다.

"깜짝이야!"

마크는 급하게 침실을 향해 뛰어갔다.

방문을 열어젖히고 천천히 발 아래에 있는 쥐덫으로 눈을 내리깔았다. 쥐가 쥐틀과 나무받침 사이에 끼여 있었다. 치즈 조각은 쥐덫 옆에 처량하게 나뒹굴고.

"아, 씨발. 역겨워."

뒤따라온 아만다가 손으로 눈을 가리고, 마크의 어깨 뒤로 몸을 겹치며 말했다.

마크는 문을 활짝 열어젖혔다. 끔찍하지만 신기하게도 피를 거의 흘리지 않은 채 말끔하게 절단된 쥐의 몸뚱이를 내려다보았다.
 마크가 말했다.
 "난 오히려 평화로워 보이는데."

summer, 2000

성냥갑
—
—
Matchbox

The father was napping on the sofa with his hand on his bare stomach…

여섯 살

아버지는 손을 배 위에 올려놓은 채 거실 소파에서 낮잠을 자고 있었다. 소년은 커피 테이블 위에 놓인 담뱃갑에서 담배 한 개비를 조심스럽게 꺼낸 다음, 발꿈치를 들고 살금살금 테라스로 나가 조심스레 유리문을 닫고 웅크려 앉았다.

그 동안 아버지를 곁눈으로 관찰하며 습득한 대로, 소년은 담배를 잠시 쳐다보고는 입에 물고 불을 붙였다. 담배 끝에 불이 붙은 걸 확인하고는 소년은 몸을 돌려 여전히 아버지가 잠들어 있는지 확인했다. 첫 모금을 깊게 빨았다. 기다란 지렁이가 목구멍을 타고 미끄러져들어가는 느낌. 소년은 곧장 기침을 하면서 연기를 토해냈다. 몇 모금을 더 빨고 나니 조금 편안해졌다. 하지만 어떤 기분을 느껴야 하는지 몰랐기 때문에, 구체적인 무엇을 획득했다고도 생각되지 않았다.

   소년은 저녁을 등지고 테라스 난간에 기댄 채 유리문 너머로 잠든 아버지의 모습을 바라보았다. 아버지의 손은 마치 잔잔한 물결 위를 떠가는 나룻배처럼 보였고, 가끔씩 부푸는 아버지의 배는 나룻배를 부드럽게 흔드는 거대한 바다 같았다.


열한 살


   소년이 도시락을 열었을 때, 급식소 저편에서 마이크가 그를 쳐다보고 있었다. 마이크는 친구들과 하이파이브를 하고는 미소 지으며 소년에게 다가왔다. 그는 소년의 손에서 샌드위치를 낚아채 크게 한 입 베어물고는, 남은 샌드위치를 소년의 도시락통에 던지듯 떨어뜨린 뒤 가래침을 모아 그 위에다 뱉었다. 마이크는 다시 친구들이 있는 쪽으로 당당하게 걸어가 환호를 받았다. 주변에 앉아 있던 한 소녀가 킬킬거렸지만 그건 다른 일 때문이었다. 소년은 자리에서 일어나 반 토막으로 찢겨진 샌드위치를 쓰레기통에 버리고 급식소를 떠났다.

얼마 후, 마이크는 학교 운동장 뒤편 수풀 속에서 웅크리고 앉아 담배를 피우고 있는 소년을 발견했다.

"뭐야, 너?"

마이크는 소년을 발로 툭 밀어 쓰러뜨렸고, 담배는 흙더미 위로 떨어졌다. 불똥이 튀었다. 불이 나서 모든 것을 다 태워버리지 않을까, 소년은 걱정했다.

"그거 어디서 났어?"

"아빠 걸 훔쳤어."

연기 한 줄기가 바람 속에 섞여들었다. 소년은 마이크의 눈빛이 변했다는 것을 알아챘다.

"두어 개 주면 아무한테도 말 안 할게."


열네 살

 아버지가 거실로 들어와 소년이 유리문 뒤에서 웅크려 앉아 있는 것을 발견했을 때, 소년은 미처 담배에 불을 붙이기도 전이었다. 마이크는 재빨리 담배를 뒤뜰로 집어던지며 말했다.
 "씨발, 집에 아무도 없다면서……"
 그는 일어나려다가 멈추고는 다시 앉았다.
 아버지가 테라스의 유리문을 열자, 소년은 손바닥을 동그랗게 말아, 쥐고 있던 담배를 숨겼다. 손에 들고 있는 담배를 아버지가 보았는지 보지 못했는지 확실히 알 수 없었다. 마이크가 뿜어낸 연기 한 줄기가 아직 공기에 머물러 비실비실 춤추고 있었다.
 "넌 집에 가라." 아버지가 마이크에게 말했다.
 마이크는 말없이 일어서서, 소년에게 고개를 한번 끄덕여 보이고 집 안으로 사라져버렸다. 잠시 후 현관문 닫히는 소리가 들렸다.

테라스로 나온 아버지가 유리문을 닫았다. 소년은 아버지가 따귀라도 한 대 내리칠 거라고 생각했다.

"죄 지은 냄새가 나는구나."

아버지는 소년 옆에 함께 웅크리고 앉더니 안주머니에서 구겨진 담뱃갑을 꺼냈다. 그는 담배 한 개비를 꺼내어 입에 물었다. 소년은 도대체 무슨 일이 벌어지고 있는 건지 종잡을 수가 없었다. 아버지는 물고 있던 담배를 아랫입술로 받치고는 소년에게 물었다. 그 바람에 입에 물고 있던 담배가 달랑거렸다.

"어때? 이게 그리 멋져 보이냐?"

소년의 손바닥 안에서 툭 담배가 부러졌다. 담뱃가루가 땀에 엉겨 손바닥이 마치 젖은 양말처럼 느껴졌다. 그는 고개를 가로저었다.

아버지는 물고 있던 담배를 소년에게 건네고는 기침을 몇 번 하더니 테라스에 소년을 혼자 두고 거실 안으로 들어가버렸다.

침묵.

    소년의 어머니는 저녁식사를 하면서 도둑은 도둑을 낳는다고 말했다. 소년은 그 말이 정확히 누구를 겨냥하고 있는지 몰랐으나, 혹 자신을 두고 하는 말일지도 모른다는 생각에 포크 소리를 죽였다.


### 열일곱 살

    커다란 음악소리 때문에 귀가 떨어져나갈 듯했다. 이런 상황에서도 그녀가 차분한 모습을 유지하고 있다는 것은 감탄할 만한 것이었다. 그녀는 마이크와 다른 남자애들 옆에 앉아 마이크의 캔맥주를 홀짝이며 그가 떠들어대고 있는 말에 조용히 귀 기울이고 있었다.

    소년이 샌드라를 자꾸 쳐다보고 있다는 것을 알아챈 마이크는 그녀를 소년의 옆으로 데려왔다. 그녀는 약간 비틀거렸지만 얼굴은 붉지 않았고 전혀 취한 것 같지도 않았다. 마이크는 그녀를 소년이 앉은 긴 소파에 앉히고는 서로를 소개시켰다. 그러나 소년은 제대로 인사하지 않았다.

마이크는 어딘가로 가버리고, 샌드라는 마치 캔 안에 무언가를 빠뜨리기라도 한 사람처럼 맥주 캔 속을 계속 뚫어져라 바라보고 있었다. 분위기가 어색했다. 소년은 저도 모르게 그녀의 가슴을 뚫어지게 바라보았다. 탱크탑을 입고 있는 그녀는 나이에 비해 가슴이 꽤 컸다. 소년은 자신이 어떤 행동을 해야 하는 건지, 어떤 말을 해야 하는 건지 몰라 안절부절했다.

"그 안에 뭐 떨어뜨렸어?" 겨우 소년이 말했다.

샌드라는 미소를 지을 뿐 그를 쳐다보지 않았다. 그녀의 손가락 하나가 스케이트를 타듯 캔의 가장자리를 따라 원을 그리고 있었다.

"마이크의 부모님은 정말 여행을 자주 다니시는 것 같아, 그치? 이런 하우스 파티는 처음이야, 난."

샌드라는 반응이 없었다.

"있잖아." 소년이 말을 이었다. "나 처음으로 술에 취해본 건데, 난 네가 멋지다고 생각해."

그녀는 여전히 반응이 없었고, 소년은 당황했다.

"미안, 나 많이 취했나봐."

그 말에, 샌드라가 고개를 천천히 돌려 그를 바라보며 미소 지었다. 문득, 소년은 오래 전 한 소녀의 웃는 모습이 기억났고, 그때 그 소녀가 샌드라였는지 궁금해졌다. 어쨌거나, 중요한 문제는 아니었다. 둘 사이에 뭔가가 만들어지는 느낌이었다.

"너 귀엽다." 그녀가 말했다.

어느덧 둘은 마이크의 침실 바닥에서 키스를 하며 뒹굴고 있었다. 어설펐다. 소년은 점점 술기운이 사라지는 것을 느꼈다. 조금 더 술을 마셔야 하는 건지 이대로 좋은 건지 알 수 없었다. 한 가지 확실한 건 샌드라의 키가 약간 더 컸기 때문에 소년이 그녀를 어색하게 안아야 했다는 거였다.

"나는 네가 마이크랑 사귀는 줄 알았어."

그녀는 눈을 굴렸다.

"마이크는 좀, 한심해."

소년은 그 말에 뭐라 대꾸해야 할지 몰라 입에서 나오는 대로 아무 말이나 했다. 아버지가 아프다고 짧게 얘기하자, 그녀는 안됐다고 말했지만 진심을 담은 말 같지는 않았다. 소년 역시 그녀에게 진심으로 위로를 받고 싶었던 건 아니었기에, 상관없었다.

잠시 후 그들은 밖에 나와 담배 한 개비를 나눠 피웠다. 소년은 평소보다 담배가 더 맛있다고 느꼈다. 그건 그냥 담배연기가 아니라 밤이 피워내는 연기였다.

### 스물다섯 살

전화기를 귀에 댄 채, 소년은 창밖으로 바다를 내려다보며 물 한 모금을 마셨다. 작은 배 한 척이 해안을 향해 물살을 새기며 다가오고 있었다.

그는 어머니에게 담배를 꼭 끊으려 했던 건 아니었지만 어쩌다 보니 그냥 그렇게 되었다며 금연 사실을 알렸다. 어머니는 그에게 축하한다고 말했다. 더이상 연기를 만들어내지 않는 일이 축하받을 만한 일인지 소년은 알 수 없었다.

어머니가 나직한 목소리로 이런저런 소식을 전해주는 것을 조용히 듣고 있다보니, 소년의 머릿속엔 어머니 옆 침대 위에 누워 있을 아버지의 모습이 떠올랐다. 무표정한 얼굴로 천천히 고개만을 끄덕이며 통화 내용에 동의하거나 늘 그랬듯이 낮잠을 자고 있을. 그러나 아버지의 복부는 이제 대추처럼 쪼그라들어서 형편없이 구겨져 있을 것이고, 그의 손은 배 위에 떠 있고자 안간힘을 쓰고 있을 게 분명했다.

전화를 끊은 뒤, 소년은 조깅을 하러 갈까 생각했다. 무엇보다 담배를 끊었다는 사실이 기뻤다. 그러나 지금껏 살면서 이보다 더 담배를 피우고 싶은 적은 없었다.

winter, 1998

# 승리의 유리잔

## A Glass of Victory

I had imagined I would either be dead or extremely successful by now.

상상하곤 했다. 지금쯤이면 내가 이미 죽었거나 아니면 엄청나게 성공했을 거라고.

처음으로 참석하는 고교 동창회. 연회장으로 변신한 넓은 모교 체육관에는 길게 이어진 음식들과 칵테일 바, 거대한 화환들과 수십 개의 테이블이 띄엄띄엄 자리하고 있었다. 급조된 느낌. 나는 팻과 같은 테이블에 앉아 그의 아내와 아들이 스테이크를 다 먹고 막 디저트를 건드리기 시작하는 것을 말없이 지켜보고 있었다.

팻의 아들은 마치 팻을 통째로 축소시켜 놓은 듯한 느낌이었다. 미니 팻. 팻의 아내는 나와 눈이 마주치자 미소를 지었다. 그녀의 이는 큼직하고 눈부시게 하얘서 멀리서 보면 박하사탕을 한입 가득 물고 있는 것처럼 보였다. 팻은 크게 변한 게 없었다. 긴 세월이 지났지만 은빛으로 변한 머리카락과 보일 듯 말 듯한 잔주름을 제외하고는 여전히 미남이었다. 그래서 그런지, 그의 양옆에 앉아 있는 가족은 어딘가 모르게 팻과 어울리지 않는 색을 띠고 있었다.
　팻은 학생회장이었다. 그것을 기억하는 이유는 내가 그의 경쟁 후보였기 때문이어서가 아니라 그가 아직도 정장 칼라에 학생회장 배지를 달고 있어서였다. 평생 떼어낸 적이 없다는 듯이 그것은 여전히 거기에 매달려 반짝이고 있었다.

　팻 : 넌 훌륭한 경쟁자였어.

　미니 팻이 목에 감긴 큰 넥타이를 불편해하며 버둥댔다. 어머니가 팔을 가볍게 꼬집자 곧바로 얌전해졌지만, 미니 팻은 알 수 없는 표정으로 나를 계속 훔쳐보았다. 무언의 비명을 지르듯이. 나는 윙크를 보냈다.

학창시절에는, 아버지를 닮고 싶어하는 아이들과 아버지의 정반대가 되고 싶어하는 아이들, 대충 두 부류로 또래를 나눌 수 있었다. 난 후자였지만, 아이러니하게도 아버지가 걸어갔던 길을 역행하려 발버둥쳤기에 오히려 그대로 닮게 된 경우다. 별을 쫓다 구름만 휘젓고 주저앉은 패배자. 그렇게 내 앞에 갈라져 있던 길은 사실 처음부터 큰 원을 그리고 있었던 것이다.

어쩌면 다행이었다. 눈앞에 보이다시피 성공의 결과는 불편한 넥타이들과 징그럽게 생긴 아내들. 부럽지 않았다.

다가온 웨이터가 손대지 않은 내 스테이크 접시 앞에서 망설였고 나는 가져가도 된다는 뜻으로 고개를 끄덕여 보이고는 와인을 한 잔 더 갖다달라고 했다.

"그 일… 너무 가슴 아파. 미안해."

팻이 말했다. 거의 비어가는 나의 와인잔을 바라보며 불안해하는 팻.

"네가 왜 미안해?"

"그래도. 미안하지, 당연히."

"사고였잖아. 그 누구의 잘못도 아니야. 됐어."

"그러니까 말이지, 존. 네가 그 일에 대해 얘기하고 싶지 않다면……"

"오히려 네가 얘기하고 싶어하는 것 같은데?"

팻의 아내는 남편의 손 위에 가만히 자신의 손을 포개고는 보이지 않게 힘을 줬다. 슬그머니 손을 빼며 팻은 내가 눈치 없이 그들의 데이트에 끼어들기라도 했다는 듯 나를 불편하게 바라보았다.

"애도를 표한다." 그가 말했다. "그녀가 완치되길 바란다."

말투가 연설 톤이었다. 나는 와인을 원샷해버리고 빈 잔을 치켜들어, 카메라 뷰파인더를 보듯 한쪽 눈을 감고 다른 눈으로는 유리 잔 너머 팻의 가족들을 관찰했다. 그들이 달리의 시계 그림들처럼 비뚤게 일그러졌다. 나는 잔을 내려놓고 벌떡 일어났다.

"팻, 너 의사잖아. 식물인간이 어떻게 완치되냐?"

🌀 🌀 🌀 🌀

체육관을 등지고 화장실로 가면서 담배를 찾으려 주머니를 뒤졌다. 얼떨떨하게 앉아 있을 팻의 가족들. 나는 미니 팻이 아버지에게 "식물인간? 야채예요?" 따위의 질문을 하고 있을 거라 생각했다. 병신들.

화장실에는 아파 보일 정도로 늙은 한 노인이 바닥을 걸레질하고 있었다. 그의 푸른 작업복에 잔뜩 묻은 얼룩들은 그의 단정치 못한 머리와 그가 질질 끄는 대걸레와 함께 완벽한 조화를 이루고 있었다. 자세히 보니 카를로스였다. 그는 내가 학교에 다니던 시절, 아침마다 내게 다정하게 인사해주던 청소부였다. 그가 아직도 청소를 하고 있다는 사실에 새삼스레 세월의 무게가 느껴졌다.

"아직도 여기서 일하시네요."

"아이들은 예나 지금이나 지저분하거든."

바닥을 제대로 다 닦지도 않은 듯했으나, 카를로스는 걸레질을 마무리하고 걸레를 청소기구함에 넣었다. 그는 나에게 다가와 눈을 맞추더니 인사 대신 내 어깨를 다정하게 툭 쳤다. 그러

고는 화장실을 나가버렸다.

나는 변기 위에 앉아 담배에 불을 붙였다. 고작 와인, 그것도 두세 잔밖에 마시지 않았는데, 술기운이 생각보다 강하게 파고들었다. 정말 오랜만에 머릿속이 뒤엎어지는 기분이었다. 담배 연기를 깊게 빨아들여 술기운을 이겨보려 했지만 오히려 더 취하는 느낌이었다. 가만히 눈을 감았더니 난데없이 팻의 학생회장 배지가 떠올랐다. 어둠 끝에서 만나는 불빛 같은 선명함. 나는 눈을 뜨고 천장에 달린 형광등을 쏘아보듯 올려다보았다. 차라리 눈이 부셔서 내가 기억하고 있는 몇몇의 이미지가 뭉개져버리기를 바라면서.

그럼에도 불구하고 갑자기 과거의 자취들이 나의 폐부로부터 둥둥 떠오르는 것이 당황스러웠고, 그것 때문에 질식해버리는 건 아닐까 두려웠다.

　　　　● ● ● ●

팻은 훌륭한 연설가였다. 선거에서 이긴 것도 그 때문이었다. 천부적인 정치가. 그의 아버지는 국회의원이었고 당연히 부유

한 집안 출신이었다.

나는 눈을 감고 팻의 연설을 기억해내려고 애썼다. 그때로부터 긴 세월이 지났기 때문에 기억나는 것은 연설의 앞부분, 그 일부였다.

팻 : 후보가 두 명밖에 없으니, 제가 제 자신을 치켜세우면 본의 아니게 다른 후보를 깎아내리는 거겠죠? 제 장점들은 어느 정도 알고 계실 테니까 오늘은 제 모자란 부분들을 말씀드리겠습니다. 저는 저의 허점들을 고치고 싶어요. 그 방법은 여러분이 알려주세요.

빌어먹을. 겸손함을 앞세운 호감 어린 인사말. 계속해서 뒤따랐던 위트 넘치는 인용구와 일화들로 가득한, 충분히 재밌고 충분히 진지했던 연설. 중요한 건, 팻의 연설이 진심이었다는 것이다. 인정하기 싫었지만, 그는 실제로 겸손하고 성실한 인간이었다. 내가 준비한 연설원고처럼 단지 표를 얻기 위한 빈말들이 아니었다.

그때 나는 청중으로부터 멀찌감치 떨어져 강당의 연단 구석에 홀로 앉아 있었다. 강한 인상을 보여주기 위해 허공에 손을 휘두르는 팻의 열정을 보면서 초조함이 솟아오르던 그 순간. 그 외에는 잘 기억이 나지 않는다. 아마도 그때 난 나의 연설 내용을 잊지 않으려고 애쓰고 있었을 것이다.

물론 나의 연설도 좋았다. 그의 연설만큼이나. 그날의 투표 결과가 발표되었을 때, 교장선생은 '간발의 차이'라는 표현을 썼다.

선거의 결과는 생물학 수업 중에 교내 확성기를 통해 알려졌고, 그 순간 내 뒤에 앉은 아이들 몇몇이 소곤거리며 킥킥댔다. 수십 개의 눈이 내 등을 할퀴는 것 같아서 난 재빨리 교실을 나섰다. 땀범벅. 수년 동안 지나다닌 복도는 평소보다 좁게 느껴졌고 마치 건물마저도 나를 비웃고 조롱하는 듯 보였다. 모든 것이 우스꽝스러울 정도로 비뚤어지고 불균형하게 서 있었다. 나는 화장실 안에 숨어 수업이 모두 끝날 때까지 몇 시간이고 앉아 있었다. 그러고도 학교가 완전히 비워질 때까지 한 시간을 더 앉아 있었다.

교장선생이 썼던 그 짧은 문장— '간발의 차이' —은 몇 개월 동안이나 내 마음속에서 떠나지 않았다. 그러다 결국 그것은 고3 시절 내내 그림자처럼 나를 따라다니던 나의 선거운동, 팻의 연설문, 그리고 내 연설 내용 등 선거에 관한 모든 기억들과 함께 깨끗이 말소되었다. 하지만 천천히, 아주 천천히 그 문장만은 그때 그 상황들과 분리된 채 별개의 심오함으로 되살아났다. 간발의 차이. 세월이 지나도 그 다섯 글자는 마음 한구석 어딘가에 깊숙이 가라앉아 있다가 내가 다른 할 말을 찾지 못할 상황이 닥치면 그때마다 수면 위로 떠오르곤 했다.

아내의 자동차 사고 소식을 전해들었을 때도 그랬다. 샬렌의 친구가 전화로 샬렌이 기적적으로 희미한 의식은 갖고 있다고 말했을 때, 유일하게 떠올랐던 말이 '간발의 차이'였다.

　　　　　🌑 🌑 🌑 🌑

담배꽁초를 변기에 흘려보내면서 현재 내 모습이 얼마나 우스꽝스러운지 생각하며 웃었다. 남자의 일생에 있어 먼지만큼도 중요하지 않은 그깟 고교회장 선거에 관해 세세한 것들을 잠시나마 떠올린 내가 죽이고 싶을 정도로 한심했다. 그때 그렇게 숨어 울었던 곳, 이 화장실에서. 씨발.

화장실을 나서면서 진공청소기로 복도를 청소하고 있는 카를로스와 다시 마주쳤다.

"이렇게 늦은 시간까지 일하게 해요?" 내가 물었다. 진공청소기 소리가 너무 커서, 다시 더 큰 소리로 물었다. "이렇게 늦게까지 일해야 하냐고요!"

그는 나를 올려다보더니 청소기를 껐다.

"온종일 일해야 해." 그는 여러 차례 머리를 흔들었다. 아주 잠깐, 세상의 타락을 쓸쓸해 하는 도인 같은 모습이 스쳤다. "일을 안 하면 돈을 못 받지. 그게 어떤 건지 알잖아."

"알죠." 나는 어깨를 으쓱해 보였다.

순간 그날, 투표 결과가 발표된 후 내가 화장실로 숨었을 때, 카를로스와 마주쳤던 게 기억났다. 그는 화장실 쓰레기통을 비우고 있었고, 내가 막 들어왔을 때 바닥에 떨어진 쓰레기를 줍기 위해 몸을 숙이고 있던 참이었다. 그에게 울고 있는 모습을 보이기가 뭣해서 나는 얼른 고개를 숙이며 칸막이 안으로 들어갔고, 그런 나를 배려하기라도 하는 듯 카를로스는 서둘러 화장실을 빠져나갔었다.

"아저씨가 이걸 기억할지는 모르겠는데요." 나는 말했다. "옛날에, 제가 여기 화장실에 들어왔을 때 제가 막 울려고 했었고… 아저씨는 쓰레기통을 비우고 있었고……"

카를로스가 잠시 생각하더니 고개를 끄덕였다.

"기억하신다고요?"

"내 일은 반복적인 업무라서." 그가 말했다. "작은 것들을 기억하게 돼."

나는 그날의 기억, 내 안에 오랫동안 갇혀 있던 그 무언가를 누군가와 공유하고 있다는 사실에 기묘한 환희를 느꼈다.

"그게 말이죠. 저는 그날 상당히 중요한 선거에서 졌어요."

카를로스는 천천히 고개를 끄덕였다. 하지만 내가 무엇에 대해 얘기하고 있는지를 그가 이해하고 있는지는 알 수 없었다. 그때 그가 말했다.

"많이 울었잖아, 그날. 내가 뭔가 물었는데, 너는 대답하지 않았지."

"그날 너무 슬퍼서 아무 말도 할 수 없었어요. 그날을 기억한다니, 신기하네요."

"뭐, 그런 걸."

"아무튼, 이만 가볼게요."

나는 술 기운을 빌어 그에게 전에는 한 번도 해본 적이 없는 경례를 했다. 몸을 돌려 다시 체육관을 향해 걷기 시작하다가 나는 뭔가 카를로스를 무시하고 있다는 생각이 들어 다시 몸을 홱 돌려 물었다.

"그때 뭐라고 물어보셨는데요?"

카를로스는 천장 쪽으로 고개를 기울였다. 마치 기억의 광산이라도 캐고 있는 것 같았다. "아…" 그가 말했다. "쓰레기통에서 너의 물건들을 발견했는데, 잘못 버린 거냐고 내가 물어봤지."

"네? 그게 뭐였죠?"

"종이뭉치. 그냥 쪽지 같은 거 잔뜩. 한 장 한 장, 너의 이름들이 적혀 있어서… 근데 별로 중요한 건 아니었던 것 같아."

다시 테이블로 돌아왔을 때, 팻의 아내와 아들은 여전히 디저트를 먹고 있었다. 팻은 두 테이블 건너 잔뜩 모여 있는 사람들 사이에서 뭔가 재밌는 얘기를 하고 있었다. 꽤 먼 거리임에도 불구하고 그의 정장 상의에 달려 있는 배지가 보였다.

나는 자리에서 벌떡 일어나 몸을 기울여 팻의 아내의 와인잔을 들었다. 그녀는 나를 당황스럽게 올려다봤지만 내가 표정을 일그러뜨리자 곧바로 고개를 숙였다. 나는 팻이 낄낄거리고 있는 쪽으로 다가가면서 와인을 한 모금 들이켰다.

내가 불쑥 끼어들자 팻의 옛 친구들은 살짝 긴장했다. 동창들이지만 기억조차 나지 않는 얼굴들. 난 팻의 어깨에 팔을 둘렀다.

"팻을 위하여!"

내가 잔을 허공으로 뻗으며 크게 외쳤다.

그러자 주변에 있는 사람들도 각자의 잔을 들어 똑같이 외쳤다. 나는 팻이 불안으로 달아오르는 것을 느낄 수 있었지만 그는 그것도 잠시, 자연스럽게 웃어 보이며 모두를 대응했다.

"학생회장 팻!"

나는 더 크게 소리쳤다. 체육관 안에 있던 모든 사람들의 관심이 나에게로 모아졌다. 나는 와인을 벌컥벌컥 들이켠 다음 테이블에다 빈 잔을 세게 내리쳤다. 잔이 깨지면서 유리 조각들이 흩어졌다.

체육관 저편에서 몇몇 사람들이 뭐라고 소리쳤지만, 그 누가 제대로 끼어들기도 전에 난 팻의 목에 힘껏 팔을 감고 무릎으로 그의 배를 찍어올렸다. 모든 사람들이 숨을 죽였다. 다시 한 번 팔꿈치로 팻의 머리통을 내리찍으려 했지만 그는 생각했던 것보다 훨씬 셌다. 팻은 금세 양손으로 힘껏 조인 내 팔을 풀고는 나를 밀쳐냈다. 내가 테이블 위로 나가떨어지는 것과 동시에 주변의 모든 것들이 내 위로 무너졌다. 재빨리 눈을 감았다. 유리가 깨지는 소리와 요란한 비명들이 뒤범벅이 되어 들려왔다.

"너, 너, 이 미친 개새끼."

팻의 목소리.

한쪽 눈을 떠보니 쓰러진 내 주변으로 인파가 몰려들어 소용돌이치는 것이 보였다. 혼돈. 그 중심에는 팻이 서 있었고, 그의 아내는 옆에 서서 거대한 치아들이 가득한 입을 크게 벌린 채 얼어 있었다.

생각해보니 팻이 욕하는 걸 들어본 건 처음이었다. 그는 한숨을 내쉬며 옷매무새를 가다듬고 있었다. 싸우다가 떨어뜨린 건지, 팻의 가슴에 달려 있던 배지가 보이지 않았다.

"역시 몸으로 해도 네가 이기네!" 누군가가 말했다.

"아냐, 아냐." 냉정을 되찾으며 팻이 말했다. "간발의 차이였어."

나는 천천히 고개를 돌려 내 꼴을 보았다. 깨진 그릇과 음식 찌꺼기로 뒤덮인 몸. 그러나 내 오른손은 학생회장 배지를 꼭 쥐고 있었다.

나는 눈을 감았다. 그리고 웃었다. 유년의 어느 날 이후, 처음 웃어보는 웃음이었다.

spring, 2000

# 우리들 세상의 벽

## The Walls of Our World

A conversation with Sandra is like swimming in a
Jackson Pollock painting: words, expressions and
hands flutter and mix, raw and brilliant.

    샌드라와 대화를 하고 있으면 잭슨 폴록의 그림 속에서 헤엄치는 기분이다. 단어들, 표현들, 그리고 손짓들이 푸드덕거리며 뒤섞인다. 의도조차 없는 눈부심. 그녀는 모든 걸 몸으로 말한다. 나는 그녀가 창조해낸 문장들의 의미를 놓쳐버리거나, 그녀의 입술로부터 터져나오는 폭풍에 휘말린다.

    그러나, 스스로를 다잡는다. 다잡아야만 해.

    "지난 토요일은 어땠는지 말해보세요." 내가 묻는다.

    질문을 예상했다는 듯이, 그녀의 두 눈은 곧바로 흥분으로 가득 찬다. 처음 오른 무대에서 첫 대사를 말하는 신인배우처럼, 그녀는 혀로 입술을 적시고는 온 방의 공기를 모두 들이마실 기세로 입을 연다.

"춤을 추고 또 췄어요. 먹이를 쪼아먹는 새처럼 땅 위를 발가락과 발꿈치로 콕콕 찍으면서."

샌드라는 항상 이런 식으로 말한다. 지하철의 속도로, 햇살의 무게로 읊는 시.

"어디서 그랬죠?"

나는 그녀의 입술만을 바라보면서 묻는다.

"빗속에서요. 빗줄기 사이로."

"그게 이번 토요일이었다고요?"

"네."

"샌드라, 확실해요? 토요일에는 비가 안 왔잖아요."

"선생님한테는 그랬을지도. 내겐 항상 비가 와요. 하늘이 부서지고 유리 조각들이 쏟아져요."

"아플 것 같군요."

"아픈 건 아름다워요."

그녀가 말하는 것들은 모두 아름답다. 그녀 입술은 단어들로 가득 찬 여울. 넘쳐흐르기를 기다리며, 두 손을 모으고 있는 나.

책상 오른편 모서리 위에 얌전하게 놓인 하얀 책자를 흘긋 쳐다본다. 정신과의사와 환자들을 위한 핸드북이다. 환자와 감정적으로 가까워지면 안 된다. 경고문. 하지만 난, 샌드라가 말을 하고 있으면 우리가 지켜야 할 역할들을 망각해버린다.

"구해줘."

내가 말한다.

"네?"

*같이 춤을 춰줘. 같이 말을 해줘. 내 의자와 너의 소파 사이, 살균된 내 하얀 와이셔츠와 너덜너덜한 너의 블라우스 사이의 공간을 메워줄 세상을 만들자.*

빙판에 금이 가기 시작하는 걸 지켜보는 기분. 어쩌면 커튼에 불이 붙는 걸 지켜보는 기분.

"미안해요." 내가 서둘러 말한다. "계속 할까요?"

"구해줄게요." 그녀가 말한다.

"네?"

"어디든 원하는 곳으로 떠나요."

그녀의 말은 대리석 기둥을 쓰러뜨리고, 진료실의 벽을 함몰시킨다. 명함첩에서 전화번호들이 사라지고, 진료예약카드들은 새까맣게 타버린다.

그러나 우리가 서로를 구해주기엔 너무 늦어버렸다.

spring, 2001

증오 범죄

─

Hate Crime


Junseok paused briefly but deliberately at the
entrance of Johnny's Diner, observing his reflec-
tion against the glass door.


준석은 식당 입구 앞에 서서 유리문에 비친 자신의 모습을 관찰했다. 'Johnny's Diner'라는 상호가 그의 얼굴 위로 겹쳐졌다. 그의 머리카락은 넓은 이마와 짙은 검은색 눈썹을 비껴 옆으로 단정히 넘겨져 있었다. 눈을 가늘게 뜨고 이 사이에, 점심때 할머니 댁에서 먹은 우동의 빨간 고춧가루나 계란 찌꺼기가 남아 있는지 살펴보았다. 아무것도 없었다. 언제나처럼 깨끗했다.

그는 식당 안으로 들어서면서 카운터에 있는 쟈니에게 손가락 두 개를 붙여 흔들며 인사했다. 록 음악이 문 옆에 있는 주크

박스에서 흘러나와 실내를 가득 메웠다. 그게 무슨 노래인지 정확히 알 수 없었으나, 오십 년대 노래라는 것 정도는 알 수 있었다. 노래는, 카운터의 그릴 치즈와 커피의 따뜻하고 친숙한 냄새와 잘 섞여들었다.

"잘 지내셨어요?" 준석은 의자에 기대면서 물었다.

"바쁘지, 뭐." 쟈니가 말했다. 그는 영수증 더미를 휘리릭 넘겼다. "그동안 어디 숨어 있었어? 몇 주는 된 것 같다."

"저도 좀 바빴어요. 공부, 공부, 공부."

"그랬겠지." 그가 웃으면서 말했다. "학교, 그런 거 난 잘 모르지만 니가 드럽게 똑똑하다는 건 알아. 공부하느라 바쁜 것 같았어."

"네."

"여자친구는?"

"제니도 바빴을 거예요, 아마."

준석은 구석의 테이블로 걸어갔다. 그 자리는 그와 제니가 항상 앉는 곳이었다. 앞에 메뉴를 펼쳐놓고 시계를 들여다봤다.

약속 시간에 늦는 그녀를 위해 미리 무언가를 주문하는 것이 적절한지 고민되었다.

 문 옆의 선반에서 신문 하나를 가지고 자리로 돌아왔다. 연재만화를 찾아 막 읽으려던 찰나, 입구에서 나는 작은 벨 소리에 고개를 들었다. 제니. 거의 일주일 동안 비가 오지 않았는데도 그녀는 무슨 이유에선지 레인코트를 입고 있었다. 준석은 그녀가 쟈니와 몇 마디 나누는 모습을 주의 깊게 바라보았다. 그는 그녀가 자기를 알아보도록 손을 흔들었다.

 "미안." 제니가 그의 맞은편 자리에 앉으면서 말했다.

 그녀는 재빨리 특별 메뉴를 훑어보더니 몸을 돌려 쟈니에게 로스트 비프 샌드위치를 달라고 소리쳤다.

 "뭐 좀 먹지 않을래?" 그녀는 다시 몸을 돌리며 준석에게 물었다.

 준석은 고개를 저으며 메뉴판을 접어 한쪽으로 밀어놓았다. 그는 다시 신문의 연재만화로 고개를 돌렸다. 실제로 뭔가를 보기 위해서라기보다는 그녀를 정면으로 마주 대하지 않으려면 딴 짓을 해야 했으므로.

 "늦어서 정말 미안해. 우리, 그냥 다음에 얘기할까?"

준석은 고개를 들지 않은 채 대답했다.

"괜찮아."

그는 이 상황을 제대로 넘기기 위해 미리부터 계획하고 있었다. 지난 삼 일간, 연극 대사처럼 할말들을 마음속에 적어두었다. 무슨 말을 해야 할지 치밀하게 계획, 수정했고, 심지어 그녀의 대사와 반응까지 알아서 정해놓기도 했다. 모든 가능성에 대비하기 위해서였다.

그러나 지금 그는 그 모든 계획을 잊어버렸다. 백지.

"할말이 많은 건 아니야." 그녀가 말했다.

준석은 그녀가 대화를 시작했다는 사실에 안도하는 한편 쓸쓸해하며 고개를 들었다.

"니가 날 증오할 거라는 거, 알아. 어쩔 수 없지. 그렇지만 내가 일부러 이렇게 만든 게 아니라는 걸 알아줬으면 좋겠어."

"제니." 그가 숨을 들이쉬며 말했다. "그렇다고 변하는 건 없어."

그녀는 테이블을 내려다보았다.

"그래."

"제니 앳킨슨. 똑똑하지, 이쁘지. 그렇게 의외의 일은 아냐."
그는 마침내 그가 준비해온 대사들을 생각해냈다.

"그게 무슨 말이야?"

"뭐, 나는 졸업하고 의사가 될 때까지는 공부하고, 공부하고, 또 공부만 해야 하는 지루한 남자. 근데 그 새끼는 편하게 놀다 메이저 리그로 가겠지. 메스 대 야구. 모르겠다. 와, 정말 어려운 선택이겠다."

"그 애는 농구선수야."

그녀는 이 말을 하자마자 재빨리 눈을 피했다. 괜한 말.

"농구, 미식축구, 축구, 스케이트보드, 그게 뭐든 간에. 어쨌든 나는 지루한 놈이잖아."

"아냐, 그렇지 않아."

"나는 따분해. 재미없는 놈이라고."

"너, 멋진 애야."

제니는 맑고 푸른 두 눈으로 엷은 미소를 띠고 준석을 마주보았다. 말아올린 머리에서 한 가닥이 그녀의 광대뼈 위로 흘러내려와 있었다. 그가 처음 사랑에 빠졌던, 순수하고 결백한 얼굴이었다.

  너, 멋진 애야. 그녀는 빌어먹을 커브볼을 던지고 있었다.

  "그러면 왜 그 개자식이랑 붙어먹은 건데?"

  "너가 멋진 사람이 아니어서가 아니야. 넌 정말 멋져. 그저 어쩌다 그런 식으로 일이 벌어진 것뿐이야."

  "그만두자. 나 화장실 다녀올게."

  준석은 일어나서 무거운 발걸음으로 화장실로 갔다. 볼일을 보고 싶었던 것은 아니었다. 그냥 그대로 앉아 있게 된다면 어떤 행동도 부자연스러울 것 같아서였다.

  그는 화장지를 물에 적셔 눈썹과 양쪽 뺨 주변을 문질렀다. 천천히 아프도록 피부를 눌렀다. 멋지다고, 그녀는 말했다. 나는 멋지다. 그래, 내가 그렇게 멋져서 그녀는 주말마다 땀투성이의 울룩불룩한 백인 녀석과 그 짓을 일삼으면서 나를 배신한 거였다. 지랄. 준석은 또 한 뭉치의 화장지를 물에 적셔서 계속해서 얼굴을 문질렀다. 땀이 났다.

  그가 테이블로 돌아왔을 때, 제니는 신문에서 무언가를 읽고 있었다. 그가 앉는 쪽에는 그 신문의 만화란만 놓여 있었다.

"이건 정말 아니다." 그녀는 눈을 가늘게 뜨고 신문에 얼굴을 처박은 채 말했다. "말도 안 돼."

"뭔데? 또 전쟁이야?"

"이거 들어봐. '1996년 1월 29일, 베트남 타운에 비극이 발생했다. UCLA를 졸업한 스물네 살의 베트남계 티엔 민 리가 그의 고향인 투친의 고등학교 테니스 코트에서 롤러블레이드를 타던 중 살해당했다'."

그녀는 마치 시를 읽기라도 하듯 한마디 한마디 똑부러지게 발음하며 매우 천천히 그리고 주의 깊게 기사를 읽었다.

"세상, 늘 그렇지 뭐." 준석이 말했다.

"아니, 너가 생각하는 것보다 훨씬 끔찍해. 그 남자, 수백 군데가 찔린 채로 발견되었대. 그리고 목도 잘려 있었고."

"징그럽네."

"들어봐. '경찰은 스물한 살 거너 린드버그와 열일곱 살 도미닉 크리스토퍼를 체포했다. 린드버그가 뉴멕시코에 있는 한 전과자에게 쓴 편지가 발견된 즉시 그들은 체포되었다. 편지에는 자신이 저지른 살인에 대해 그림으로 자세히 그려놓고 있을 뿐 아니라, 이 모든 사건에 대해 태연자약해하는 모습도 담겨 있다. 생일 계획, 친구의 아기 소식, 그리고 새로운 문신을 해야겠다는 이야기들 사이에 1월 29일 밤에 있었던 사건까지 사소하게 언급하고 있다'."

"나 좀 볼게."

준석은 그녀의 손에서 신문을 잡아채 살인자가 직접 썼다는 편지를 읽었다.

아, 좀 아까 쪽바리를 하나 죽였어. 투친 고등학교에서 찔러 죽였어. 도미닉이랑 같이 있었고 그 새끼가 롤러블레이드를 타고 놀고 있는 것을 봤는데 난 칼을 갖고 있었거든. 우리는 그 놈이 놀고 있는 테니스 코트로 다가갔는데 도미닉이 바로 거기에 있었고 나는 그 새끼에게 곧장 다가갔는데 그 새끼는 겁을 먹었고 나는 똑바로 쳐다보면서 말했어. '오 내가 아는 사람인 줄 알았어요' 그랬더니 그 쪽바리 새끼는 우리가 덮치려 하지 않는구나 하면서 기뻐했어. 그때 나는 그 새끼를 쳤지……

문법이 끔찍하게 엉망인 글이었다. 준석은 왜 신문사 편집장

이 이 글을 다듬지 않았을까 궁금했다.

　나는 그 새끼 머리 세 번 짓밟으면서 매번 '날 그만 쳐다봐'라고 말했어. 그러자 그 새끼 조금 녹아웃이 되어 꼼짝도 못 하게 됐어. 그러고 나서 옆구리를 일곱 여덟 번 칼로 찔렀더니 약간 몸을 구르길래 등을 열여덟에서 열아홉 번 정도 찔렀더니 그 새끼 납작하게 뻗어버렸어. 그래서 정맥 위로 목 한쪽을 그어버렸어. 아, 그 새끼가 냈던 소리는 어어…… 처럼 들렸어. 그러자 도미닉이 '다시 또 해'라고 해서 나는 '친구, 벌써 했어'라고 말했어. 도미닉이 계속 '다시 또 해'라고 해서 나는 다른 쪽 정맥을 잘라버렸어. 그러자 도미닉이 '죽여, 다시 또 해'라고 해서 나는 '벌써 죽었어'라고 말했더니 도미닉이 '심장을 찔러'라고 해서 나는 그 새끼의 심장을 스물에서 스물한 번 정도 찔렀어. 그러고 나서 나는 다시 그 새끼 얼굴을 보고 싶어서 우리는 그렇게 했고 그 새끼가 빌어먹을 숨을 들이쉬고 있길래 얼굴을 내 신발로 여러 번 밟았어. 그러고 나서 나는 도미닉에게 그 새끼를 발로 차라고 했고, 도미닉은 얼굴을 발로 마구 갈겼어. 아직도 도미닉 신발 전체에 피가 묻어 있어. 그러고

*나서는 칼을 깨끗하게 닦은 뒤에 5번 간선도로 길가에 버렸어. 우리가 한 게 모든 채널에 나오고 있다는 신문 뉴스를 오린 게 여기에 있어. 멋지지?*

편지의 내용을 다 읽은 준석은 제니를 쳐다보았다. 그녀가 손을 가슴에 대고 얼굴을 찌푸리고 있어서 울음을 터뜨리려는 게 아닐까 두려워졌다.

"이건 증오 범죄야." 그녀가 말했다. "그 사람은 인종이 다르다는 이유만으로 죽은 거잖아."

준석은 고개를 끄덕이며 다시 신문 기사를 내려다보았다.

*아, 좀 아까 쪽바리를 하나 죽였어.*

기분이 더러웠다. 당혹스러웠다. 준석은 '쪽바리'라는 단어를 계속 바라보았다. "이 자식들 완전 미쳤어. 이 남자, 죽은 이 남자는 아무 짓도 하지 않았다구. 그리고 왜 베트남 사람을 '쪽바리'라고 하는 거지?"

"이건 정말 아니야."

"티엔, 이 피해자, 기사를 보면 이제 막 물리학과 생물학 박사 학위를 받았대."

"사람이 무엇 때문에 그런 짓을 할 수 있는지 이해할 수 없어."

"그 자식들이 그를 백 번도 넘게 찔렀어. 아마 알아볼 수도 없게 되었을 거야."

"가족들을 생각해봐. 그의 어머니를."

"'투친의 경찰들은 이 범죄의 인종차별적인 의미를 공론화시키는 것을 꺼려했던 것처럼 보였다. 예를 들어, 투친 위클리 신문은 린드버그의 편지를 실으면서 아예 이런 문장—나는 쪽바리를 죽였다—을 생략했다.' 뭐야 이게? 이해할 수가 없어. 그 신문은 왜 그렇게 한 거지?"

"준석아, 이 사람 정말 불쌍하다. 정말, 정말 미안해."

준석은 신문에서 고개를 들었다. 제니는 손을 뻗어 그의 손 위에 포개놓았다.

"나한테 왜 미안해?"

"그게… 너도 아시아인이니까."

"그래서?"

"그러니까. 그래도 그 사람은 너네 사람이잖아."

준석은 그녀의 손을 뿌리쳤다.

"무슨 소리야? 난 미국 시민이야." 그가 말했다. "한국에 가본 적도 없어."

"그래도."

"그래도 뭐? 이 피해자는 베트남 사람이잖아."

"그렇지만, 그래도 같은 아시아인이잖아."

준석은 제니의 한없이 순수한 눈을 쳐다보았다. 그러고는 테이블 위에 놓인 자신의 손을 쳐다보았다. 투박해 보였다. 절박하게 무엇이라도 말하고 싶었다. 하지만 준석은 아무 말 없이 신문을 천천히, 그리고 주의 깊게 접은 다음 겨드랑이에 끼고 자리에서 일어났다. 출구 쪽으로 걸어갔다.

제니가 뒤에서 불렀지만 준석은 계속해서 앞으로 걸어갔다. 더러움이 그의 가슴속에 거대한 꽃처럼 피어올랐다. 점점 걸음이 빨라지더니 어느새 그는 뛰고 있었다. 식당을 벗어나 거리로, 차들과 사람들과 바람을 지나치며.

   언제 어디에서부터 뛰기 시작한 건지는 중요하지 않았다. 얼마 후면 터질 듯 심장이 아파오겠지만 마음속으로 한 번도 그려본 적 없는 미지의 한 쪽을 향해, 그래도 그는 달렸다。

winter, 2000

# 최후의 일격

## Coup de Grace

Richmond Walker felt that he had been derailed from greatness…

리치몬드 워커는 자신이 위대한 운명으로부터 밀려난 것이라고 느꼈다. 그는 의도치 않게 사랑 없는 결혼과 예상치 못했던 엄청난 유산에 부딪혀 추락한 거였다. 야속한 신은, 그를 거대한 벤츠의 운전대 앞으로, 뒷좌석에 앉아 한 여자의 디너파티에 관해 씌어진 시답지 않은 소설을 읽고 있는 아홉 살 난 아들과 함께 몰아넣었다.

"그 책 쓰레기야." 리치몬드가 말했다.

어린 제이콥 워커는 책에서 시선을 거두고 고개를 들었다.

테가 두꺼운 안경이 짧은 국수가락 같은 코 위에 아슬아슬하게 걸쳐 있었다. 그는 아버지가 시킨 대로 자신의 회색 사립학교 교복을 입고 있었다. 가슴팍 주머니에 달린, 라틴어 교훈— Sine Timore, Aut Favore(두려움도 편견도 없이)—이 적혀 있는 배지는 소년 가슴의 절반을 차지하고 있었다.

"헤밍웨이. 그런 남자가 작가지." 리치몬드는 계속해서 말했다. "복싱도 잘했지. 나처럼 선수는 아니었지만 말야. 니네 선생은 헤밍웨이를 별로 안 좋아하나봐?"

제이콥은 아무 말 없이 책을 덮어 얌전히 무릎 위에 올려놓고, 차를 타고 오는 동안 처음으로 고개를 돌려 창밖을 내다보았다. 벤츠가 '말콤X' 대로를 돌아서 할렘으로 접어드는 순간, 제이콥은 모근 하나하나가 마치 수천 개의 핀이 되어 두피를 찌르는 느낌이 들었다.

"여기가 프랭크 삼촌이 사는 곳인가요?" 제이콥은 지푸라기 같은 손가락으로 『댈러웨이 부인』을 움켜쥐며 절박하게 물었다.

차가 갑작스럽게 길가에 멈추어 섰다. 가로등이 모두 고장 난 것인지, 문 닫은 가게들이 어둠 속에 줄지어 뻗어 있었다. 반짝

이는 'CLOSED' 네온 간판들이 제이콥의 눈앞에 거대한 반딧불들처럼 일렁거렸다.

리치몬드는 백금으로 된 커프스링크를 채우고 턱시도에서 보풀을 떼어낸 다음, 검은 가죽 시트에 등을 붙이고 쪼그라든 열매처럼 처박혀 있는 아들을 돌아보았다.

"니 엄마의 그칠 줄 모르는 사교생활이 우리를 이 지경까지 이르게 한 거다." 리치몬드는 자신의 권위적인 저음의 목소리에 만족해하면서 말했다. "나를 자꾸 이 멍청하고 시답잖은 파티에 가도록 만드는 니 엄마를 원망해라."

제이콥은 고개를 끄덕였지만 공포가 밀려들었다. 바깥 풍경을 살폈다. 소음들의 웅얼거림, 멀리서 들려오는 텁텁한 엔진 소리. 할렘 거리를 메운 공허한 냄새들이 그를 보호하고 있는 유리창을 가만히 긁어댔다.

"아버지, 제, 제발." 제이콥은 더듬었다. "제발요."

"니 꼬라지를 봐." 리치몬드는 언성을 높이며 다그쳤다. "이런 작은 도전을 두려워하다니. 너, 복싱 챔피언의 아들 맞아?"

"아버지, 제발요."

"정확히 두 시간 있다가 너를 데리러 올 거다. 외투를 입고 있으니 얼어 죽을 일은 없을 거야, 이 겁쟁아."

톡톡. 몇 겹의 생선 비늘을 뒤집어쓴 듯한 얼굴의 한 흑인 노인이 수프 깡통으로 제이콥 쪽의 유리창을 두들기고는 빨갛게 충혈된 눈으로 천천히 차 내부를 훑었다.

"아버지, 제발요. 저를 두고 가지 마세요."

제이콥은 창문에 붙어 있는 그 노인으로부터 최대한 멀리, 저 반대쪽 구석으로 오그라들며 절박하게 말했다.

"혼자 있는 걸 두려워하지 마라. 독립심을 키워야 해. 제이콥, 내 말에 대답해. 길바닥에 혼자 있는 게 두려워?"

"제발, 아버지와 함께 가게 해주세요."

리치몬드는 몸을 기울여 차 뒷문을 열더니 갑자기 손등으로 아들의 뺨을 세차게 때렸다. 얼른 내리라는 말 대신 그 행동을 취했다. 그 바람에 제이콥의 안경이 길바닥에 떨어졌다. 아이의 뺨은 피같이 붉어졌다. 타오르는 석탄처럼.

몇 걸음 뒤로 물러서서 손가락으로 깡통을 두들기던 흑인 노인은 그때까지도 뭔가를 바라는 표정이었다.

발레리 워커는 군인들이 구급약을 챙겨다니듯 미용도구들을 몸에 두르고 다녔다. 그녀의 허벅지를 탄력 있게 잡아주는 스타킹 사이에는 작은 빗이 숨겨져 있었고, 드레스의 작은 주머니 속에는 늘 향수 한 병이 들어 있었다. 그녀의 삶은 집착의 연속이었다. 고등학교 시절에는 다이어트, 대학 시절에는 가슴 확대에 목을 매었으며, 최근에는 취할 정도로 지독한 향수들로 그 집착의 바통이 넘어갔다. '악취'라는 것이 너무 두려운 나머지, 그녀는 타임스나 뉴요커를 읽을 때, '**악보**'나 '마**취**' 같은 단어들만 봐도 치를 떨었다.

"프랭크한테 괜히 골칫거리만 될 텐데." 그녀가 차에 오르며 말했다. "맨날 삼촌한테만 맡길 게 아니라 제이콥도 이제 자기 자신을 책임질 수 있는 나이가 되지 않았나요?"

향기로운 향수가 아닌, 짓이겨진 꽃의 독한 향이 함부로 터진 에어백처럼 리치몬드의 얼굴을 가격했다.

"프랭크한테 맡겨두지 않았어. 친구한테 맡겨놨지."

"누구요?"

"아는 흑인."

발레리는 명백한 혐오를 드러내며 눈을 가느다랗게 떴다. 그녀는 지금까지 단 한 번도 흑인이나 다른 '색깔 있는' 사람과 알고 지낸 적이 없었다. 부자인 그녀에게는 그런 부류의 사람들을 만나는 일이 동물원 밖에서 판다를 보는 것만큼이나 드문 일이었다.

"언제부터 흑인 친구가 있었어요?" 그녀가 초조해하며 물었다.

"나, 흑인 친구 많아. 복서였잖아."

그의 그 두어 마디는 주위의 공기를 일제히 빨아들였다. 발레리는 남편이 다시금 그만의 이상하고도 무언가 정의내릴 수 없는 수상한 지점으로 빠져들었다고 판단했다.

리치몬드는 담배에 불을 붙이고 창문을 내렸다. 그는 최근에서야 담배를 피우기 시작했다. 아내의 향수가 뿜어내는 화학적인 향기를 비웃고 또 갉아 먹어치우기 위해선 담배 냄새로 자신을 감쌀 수밖에 없었다.

그날 밤 파티가 열리는 페니 베인의 저택으로 가는 동안, 발레리는 가만히 앉아 젊은 시절에 만났던 리치몬드를 떠올려 보았다. 그는 170cm라는 자신의 키를 훌쩍 뛰어넘는 뭔가를 지닌 과묵한 젊은이였다. 집안간의 결혼이었다. 기업 합병이자 주가 상승을 노린 서약, 'I do.'

"결혼생활을 행복하게 하고 싶다면 가정보다는 가구들을 사랑하는 법을 배워라."

결혼식 전날 밤, 그녀의 어머니는 그 무엇보다도 냉정한 결혼 생활을 종용했다.

어머니는 옳았다. 리치몬드의 유산은 그녀로 하여금 아내와 어머니라는 성가신 역할과 책임감 없이도 결혼의 혜택을 누릴 수 있게 해주었다. 그리하여, 결혼한 지 수년이 흐르고 난 뒤에도 자신이 남편이나 아들에 대해 최소한의 몇 가지 일들만 알고 있다는, 아니 실은 전혀 아는 게 없다는 사실에 발레리는 크게 괘념치 않았다. 그들은 그녀와 별 상관 없는 그들만의 사적이고 비밀스러운 세계 속에 따로 존재했다. 단절. 그것이 그들이 함

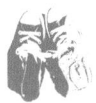

께 사는 실체였다.

그러나 이 현실이 안타깝게 느껴지는 때도 아주 가끔 있긴 했다. 아쉬움도 슬픔도 아닌, 적당한 불편함. 그럴 때면, 그녀는 뭔가 다른 것, 뭔가 덜 현실적이고 덜 실속 있는 아름다운 어떤 것을 간절히 원했다.

"당신이 복서였다는 건 미처 몰랐네요."

그녀는 리치몬드를 쳐다보지 않고 말했다.

◈ ◈ ◈ ◈

사람들을 피하기 위해 리치몬드는 페니 베인의 거실 한구석에 숨어들었다. 위스키 한 잔을 들고, 거대하고 흉측한 가짜 식물 화분과 한 노인 부부 곁에 자신을 배치시켰다. 아내는 이층이나 삼층 어딘가에 있을 거라고, 리치몬드는 그 부부가 끊임없이 늘어놓는 지루한 자식 이야기 속에서 허우적거리며 생각했다.

"자네는 무슨 일을 하나?" 갑자기 노인이 리치몬드에게 물었다.

"아무것도요."

"일을 하지 않는다고?"

"전혀."

"이분은 분명히 컴퓨터 관련 업계에서 일했을 거예요." 노인의 아내가 끼어들었다. "그쪽 일은 은퇴가 빠르니까."

"전 복서였어요." 리치몬드는 큰 흉터가 있는 주먹을 들어 보이며 말을 이었다. "이놈은 길거리에서 패싸움하다 생긴 것이지요."

노인은 정중하게 고개를 끄덕이더니 팔꿈치로 아내를 쿡쿡 찔렀다. 부부는 동시에 "만나서 반가웠어요"라고 말한 뒤 느린 걸음으로 나가버렸다.

마음이 한결 편해진 리치몬드는 시계를 보며 제이콥을 데리러 가기 전까지 얼마나 시간이 남았는지 가늠해보았다.

처음부터 제이콥을 할렘 가에 두고 올 계획은 아니었지만, 만족스러운 처사였다. 지난주에야 그는, 동생 프랭크가 제이콥을 돌볼 때, 자신의 지시대로 강하게는커녕 아이가 좋아하는 것만 실컷 먹이고 쓸데없는 관심사나 부추기고 있다는 사실을 알게 되었다. 캐비아와 소네트 따위의 것들. 빌어먹을.

"리치몬드 워커!" 페니가 거실 저편에서 외쳤다. 페니의 양옆에 뉴욕에서 가장 유명한 정신과의사 조지프 리 박사와 놀랍게도 발레리가 있었다. 그들은 마치 똑같이 움직이는 체스 말들처럼 천천히 그에게로 다가왔다. "숨어 있는 거 다 보여!"

리치몬드는 위스키를 단숨에 비우고는 화분 뒤로 조금 물러섰다. "개새끼." 그가 조용히 내뱉었다.

"숨바꼭질이라도 하자는 거야?" 페니가 그의 어깨에 손을 올리며 조롱하듯이 물었다.

"재밌군." 리치몬드가 그의 손을 털어내며 말했다. "아직 안 죽었네. 참 오래도 산다."

"오호, 이 사람 여전히 칼날같군, 칼날." 페니는 친구들이 웃어주길 원하며 바라보았지만, 그들은 어색하게 굳어 있었다.

"아들은 어디 있어?"

"축구 연습." 리치몬드가 숨을 들이쉬며 말했다.

"뭐라고요?" 발레리가 당황한 듯 몸을 앞으로 내밀며 끼어들다가 곧바로 다시 자세를 고쳤다. 이젠 남편의 이런 느닷없는 거짓말들에 일일이 반응하는 것조차 귀찮았기에.

"위층 버스비 부인한테 가봐야겠어요."

페니는 마치 큐 사인이라도 받은 듯이 그녀를 한 팔로 감싸안았다.

"내가 버스비 부인을 소개해줄게. 내 파티에서 내가 돌보지 않는 사람은 penny-less, 한마디로 빈털터리지!"

페니는 슬며시 웃으며 그 말을 남기고는 발레리를 데리고 위층으로 가버렸다.

페니는 부자들을 주 고객으로 하는 여행사 사장으로, 젊은 시절을 연구실, 은행, 도서관 등지에서 모조리 허비해버린 나이 든 워커홀릭들을 위한 어드벤처 패키지를 진행하는 사람이었다. 그는 자기 자신을 늦바람 난 보헤미안들의 구세주라고 여겼지만, 리치몬드가 보기에 페니의 일은 모기가 피를 빨아먹는 거나 다름없었다.

"저 개새끼." 조지프와 단둘이 남은 리치몬드가 말했다. "당장이라도 저놈의 콧대를 꺾어주겠어."

"리치, 너 도대체 왜 자꾸 약속을 안 지키는 거야? 나도 바쁜

사람이야."

리치몬드는 눈살을 찌푸리며 조지프의 얼굴에 삿대질을 했다. "넌 다른 환자들에게도 이런 식으로 말해?"

"배려가 없어. 적어도 치료 예약을 취소하든가 했어야지."

"지하실에 펀치백을 달아놨어. 다시 트레이닝을 시작해서 바빠. 게다가 난 더이상 네 도움이 필요치 않아."

"안됐지만, 그건 네가 판단할 수 있는 게 아니야."

"그럼 누가 판단해?"

"내일 다섯 시. 병원으로 와. 네가 정말 그렇게 생각한다면, 마지막 진료가 되게 해줄 테니."

그때, 리치몬드의 전화기가 울렸다. 그 소리에 거실에 있던 거의 모든 사람들이 주머니를 뒤졌다. 그는 조지프에게 손을 들어 보여 대화를 중지하고는 전화를 받았다.

"제이콥의 아버님이신가요?"

한 젊은 여자가 절박한 목소리로 물었다.

"누구시죠?"

"워커 씨를 찾고 있어요."

"누구냐고 물었어요."

"저는 제이콥의 문학선생, 로리예요."

리치몬드는 전화기를 한 손으로 동그랗게 감싸쥐며 조지프로부터 등을 돌렸다.

"제 전화번호는 어떻게 아셨죠?"

"제이콥의 아버님 맞으시죠?"

"그렇긴 한데, 제 전화번호를 어떻게 알았냐고 물었잖아요."

"아버님, 제이콥이 여기 저와 함께 있어요. 제이콥이 발작을 일으켰어요. 할렘에서 공중전화로 제게 전화를 걸었어요."

"발작이라니?"

"교복을 입고 길거리 한구석에 쭈그리고 앉아 있었어요. 왜 거기 그러고 있었는지는 대답도 하려 하지 않고… 아버님, 제이콥이 바지에 오줌을 쌌어요."

"씨발."

🍂 🍁 🍃 🍀

리치몬드, 발레리, 제이콥, 그리고 문학선생 로리는 워커네

집 대문 앞에 서서 한참 동안 이야기를 나누었다. 젊은 여선생은 몇 가지 사실을 명확하게 하기 위해 제이콥을 직접 데리고 오겠다고 주장했었다. 리치몬드는 아들이 이스트 빌리지에 있는 선생의 낡은 아파트에 머무는 동안 한 시간 가까이 징징 짰다는 사실 말고도 지금까지도 코를 훌쩍이고 있다는 사실이 부끄러웠다.

"제이콥 같은 아들을 둔 것을 자랑스러워하셔야 해요."

리치몬드를 제외한 두 사람을 바라보며 로리가 말했다.

"왜요?"

그녀가 아직도 뭔가 말할 게 남아 있다는 것에 짜증이 난 리치몬드가 물었다.

"제이콥이 문학 콩쿠르에서 상을 받았어요." 그녀가 당황해하며 물었다. "제이콥이 말하지 않았나요?"

"참 멋지네요." 발레리가 고개를 끄덕이며 말했다. "우리 애는 그렇게 책을 좋아해요."

"누구든 글쓰기 대회에서 상을 받을 수는 있어." 리치몬드가 덧붙였다. "그렇지만 그건 챔피언 벨트하곤 비교도 안 되지."

로리는 리치몬드가 말 같지도 않은 말을 진지하게 내뱉고 있다는 사실에 충격을 받고 그의 얼굴을 멍하니 바라보았다. 그러고는 곧 무언가 섬뜩한 천성이 악의 없어 보이고 단정한 차림의 이 남자를 꽤 오래전부터 지배하고 있었음을 알아챘다.

"아버님께 따로 말씀 좀 드려도 될까요?"

파티를 일찍 끝낸 것에 짜증이 나 있던 발레리는 기다렸다는 듯이 제이콥을 데리고 안으로 들어가며 문을 쾅 닫았다. 밤기운은 차가웠으며 주위는 조용했다. 이 동네가 항상 그랬듯.

"주제 넘게 들릴지 모르겠지만요." 로리는 처음으로 그의 눈을 똑바로 바라보며 말했다. "제이콥의 뺨에 멍이 들어 있어요. 팔에도 상처들이 있고요."

"뭐 그 정도야."

"뭐라고요?"

"계속 하세요."

잠시 불편한 침묵이 흐른 뒤, 그녀가 계속해서 말했다.

"그 상처들이 어떻게 생긴 건지 혹시 아버님께서는 알고 계신가요?"

"몰라요."

"정말이세요?"

"넘겨짚지 마세요, 어린 선생."

"아버님은 저보다 나이가 아주 많은 것도 아니십니다."

"모른다고 했잖아요."

그녀는 시야를 좀더 확보하기라도 하려는 듯이 여전히 그를 빤히 쳐다보며 뒤로 한 발짝 물러섰다.

"제이콥은 넘어져서 다친 거라고 하는데, 그건 말도 안 되는 것 같고요."

"선생의 억측이 더 말도 안 되네요. 바쁘니까 하고 싶은 말이 있으면 얼른 끝내세요."

"제이콥은 종종 구타를 당해요." 그녀는 한숨을 쉬며 말했다. "학교에서 다른 애들에게 찍혔어요. 제이콥이 단순히 좀 독특하다는 이유만으로요."

"그 자식은 방어할 줄도 모르는군."

"그런 애들은 상대할 필요가 없어요." 그녀는 깊고 초조한 숨을 들이쉬고는 비난하는 눈빛으로 그를 바라보았다. "아들에게

조금 더 관심을 가져주세요. 제이콥은 천재예요."

"천재라고요?"

"그래요. 천재예요. 그 애가 상을 받은 그 대회는 대학생들을 대상으로 하는 거였어요."

리치몬드의 엷은 미소를 읽은 로리는 그의 호의적인 반응에 자신이 이제야 그의 마음을 돌이키고 있다고 생각했다.

"아, 그래요?"

"네."

"이제 확실해졌군." 리치몬드는 최대한 단호하게 말했다. "미국의 교육체제는 남자가 아니라 겁쟁이를 칭송하는구먼."

로리는 뒤로 주춤하며 믿을 수 없다는 듯이 한숨을 내쉬었다.

"자, 이제 꺼지세요."

리치몬드는 문을 쾅 닫으며 집 안으로 들어갔다.

로리는 이 반수(半獸) 같은 인물이 내뱉은 마지막 말에 망연자실하며 재빨리 자신의 차가 세워진 곳으로 달려갔다. 리치몬드의 차가운 눈빛, 그의 거대한 집, 그리고 뉴욕의 싸늘한 기운이 한순간에 그녀의 세계관을 삼킬 듯이 위협하고 있었다.

리치몬드가 현관으로 들어섰을 때, 발레리는 양손에 얼굴을 묻은 채 계단 끝에 앉아 있었다. 그녀는 조용히 흐느끼고 있었지만 얼굴이 손바닥에 감싸여 울음소리는 잘 들리지 않았다. 리치몬드가 그 앞을 스쳐 지나가려는 순간, 그녀는 고개를 들었다. 놀랍게도, 발레리는 울고 있던 게 아니라 막 터져나오는 웃음을 통제하지 못하고 있었다.
　"나, 페니 베인과 사랑에 빠졌어요. 그렇게 알아요." 그녀가 말했다.

　제이콥은 소설책을 가슴 위에 펼쳐 놓은 채 잠들어 있었다. 리치몬드는 아들의 부끄러울 정도로 여성스러운 손을 바라보다가 이마를 찰싹 때려서 아들을 깨웠다.
　"글 쓰는 게 그렇게 좋아?" 리치몬드가 부드럽게 물었다. "네가 네가 아닌 다른 너로 존재할 수 있는 세상을 상상하는 놀이, 뭐 그런 걸 하고 있는 거냐?"
　제이콥은 천천히 고개를 끄덕였다.
　"네 이야기 속에서는 그래도 네가 영웅이겠구나! 어쨌거나

현실세계에서 너는 영웅은 아니니까 말이다."

"아녜요. 그렇지는 않아요." 제이콥이 대답했다.

"진짜 남자라면 그런 소설 같은 거 지어낼 필요 없어. 진짜 남자는 진짜 영웅이니까." 리치몬드는 아들의 팔을 잡아서 몸을 일으켜 세워 앉혔다. "네 선생이 그러는데, 너 다른 애들한테 맞고 다닌다며? 그렇게 당하는 이유가 뭐라고 생각해?"

제이콥은 눈을 크게 떴다.

"제이콥, 남자라면 네 자신을 지킬 수 있어야 해. 진짜 남자들은 방어할 줄 알지. 일어서라."

제이콥은 후들거리는 무릎을 겨우 세워 일어섰다.

"내가 야속하니?"

"아니요."

"날 원망하고 있잖아."

"아녜요."

"내가 오늘 너한테 그런 짓을 했는데도?"

제이콥은 머리를 숙이고 아버지의 엄청 큰 발가락에 눈을 고정시킨 채 아무 대답도 하지 않았다.

"오늘 내가 널 괴롭혔잖아." 리치몬드는 말을 이었다. "내가 널 마음 아프게 했잖아. 내가 먼저 공격했으니 이제 네가 보복을 해야지. 평생 겁쟁이로 살고 싶은 거냐?"

제이콥은 대답하지 않았다. 대답할 수 없었다.

"그 무엇도 공격하지 않고, 그 무엇도 방어하지 않으면서 네 존재를 낭비해선 안 돼."

제이콥은 작은 목소리로 '네'라고 대답했다.

"자, 방어해봐."

갑작스럽게 날아든 리치몬드의 주먹이 제이콥의 작은 가슴에 꽂히자마자, 아이는 바닥에 쓰러져 나뒹굴었다. 제이콥은 물 밖으로 던져진 물고기처럼 헐떡거리며 몸을 뒤척였다.

"자, 어서! 제이콥, 방어해봐."

리치몬드는 아들을 붙잡아 일으켜세웠다. 마치 쓰러져가는 챔피언을 바라보는 코치처럼 아들의 눈을 똑바로 쳐다보며 그는 말했다.

"진짜 남자가 돼라."

말이 떨어지기도 전에 리치몬드의 주먹은 한 번 더 제이콥의 가슴을 강타했고, 제이콥은 그대로 다시 바닥으로 나가떨어졌다.

그렇게 다섯 차례 아들이 쓰러지자, 리치몬드의 가슴 속에는 수치심이 가득 차올랐다. 이 따위 녀석이 과연 복싱 챔피언의 아들이고 전쟁 영웅의 손자란 말인가. 연필 하나도 부러뜨리지 못할 작가나부랭이가 되겠다니, 말이 되는가.

"이 병신아, 방어하란 말이야!" 리치몬드는 소리쳤다.

그러나 제이콥은 시계추처럼 흔들리는 몸을 제대로 가누지도 못했다. 리치몬드는 아들의 머리에 최후의 일격을 날렸다.

🌸🌸🌸🌸

통제할 수 없었다. 발레리는 페니 베인과 사랑에 빠져 있었다. 온 세상을 흔드는 감정. 침대에 누워, 그녀는 새로운 진실을 깨닫게 되었다. 태어나서 처음으로 집, 카펫, 공동계좌를 잃는 게 두렵지 않았다. 페니만이 그녀가 원하는 유일한 것이었다. 이혼, 제이콥… 복잡한 서류들, 상당히 골치 아픈 일들이 꼬리를 물게 되겠지만, 내일 밤 그녀는 페니에게 선물상자를 열듯

자신의 포장을 벗기도록 허락할 것이다.

리치몬드는 한때 아버지의 것이었던 참나무 책상에 앉아, 문진처럼 위스키 두어 잔을 자신의 뱃속에 가라앉힌 채 깊은 생각에 잠겨 있었다. 모든 것, 그가 시도했던 모든 것들이 결국 실패로 돌아갔다. 네 달간 집에서 비밀스럽게 진행했던 특수 훈련들—싸움 기술, 축구 교습, 맛깔나게 욕하는 방법—이 모든 것들이 수포로 돌아간 것이다. 제이콥은 어쩔 수 없이 사상 최악의 겁쟁이였다. 자기 자신조차 방어하지 못한다면 동료들, 아버지, 그리고 조국은 어떻게 지킬 수 있단 말인가.

리치몬드는 열쇠를 꽂아 책상 맨 아래 서랍을 열었다. 서랍 속 블랙 벨벳 케이스 안에는 은제 권총 한 자루가 빛나고 있었다. 리치몬드는 권총을 집어들고 총신에 비친 자신의 휘어진 얼굴을 자세히 들여다보았다. 살아 온 만큼 늙어 있었다.

물론 권총은 장전되어 있지 않았다. 그에게는 총알이 없었다. 한 번도 총알을 사야겠다고 생각한 적도 없었다. 총은 단지 아버지가 물려준 유산의 한 조각일 뿐.

그는 다시 벨벳 케이스 안에 총을 내려놓고, 마치 이 낡은 책

상 위에 쌓인 먼지처럼 아버지가 자신의 피부 위에 고스란히 물려주었던 기억들을 떨쳐버리려고 애썼다.

🙂🙂🙂🙂

 다음날 오후에는 비가 내렸다. 찰싹찰싹, 굵은 빗줄기가 작은 심벌즈처럼 창문을 두들겼다.
 "네 아들은 겁쟁이가 아니야." 조지프 리 의사는 한때 자신의 대학동기였다가 지금은 환자가 된 리치몬드를 바라보며 말했다. "여느 아홉 살 또래와 다르지 않아. 오히려 그 애는 타인을 괴롭히는 애가 아니지."
 "지금 그 말이 나에게 위로가 된다고 생각해?" 리치몬드는 고지식한 친구의 모습에 적의를 띤 채 물었다. "나는 제이콥이 차라리 다른 애들을 괴롭힐 줄 알았으면 좋겠어."
 "대체 왜? 남을 괴롭히는 짓이야말로 진짜 겁쟁이나 하는 짓이지."
 리치몬드는 혼란스러워하며 조지프를 쳐다보았다.
 "그게 무슨 미친 소리야? 차라리 너랑 나랑 서로 자리를 바꾸

는 게 낫겠다."

"내가 보기에 겁쟁이란, 정직한 방법으로 자신이 원하는 것을 얻어내지 못하는 사람들이야. 말하자면, 남을 괴롭히는 것도 결국은 불합리한 폭력으로 다른 사람들의 관심과 애정을 받고 싶은 욕구에서 발현된 반쪽짜리 행동이지." 조지프는 변화 없는 목소리로 말했다. "제이콥은 겁쟁이가 아니야. 단지 수줍음이 많고 소심하고 내성적일 뿐이지."

"이래서 더이상 너의 도움이 필요 없다는 거야." 리치몬드는 조지프의 말을 끊으며 자리에서 일어섰다. "조지프, 너 씨발 돌팔이야. 번지르르한 전문용어들만 팔아먹는 돌팔이. 이 병원 밖에서는 사탕 하나도 제대로 못 팔걸."

"앉아, 리치."

물론 리치몬드는 계속해서 서 있었다.

"너에 대해서 얘기해보자." 조지프는 목을 가다듬으며 말을 이었다. "나는 네가 계속 던지는 이 수수께끼들이 궁금해."

"수수께끼라니?"

"예를 들어, 너의 아버지가 한국 전쟁에 참전하셨다는 사실 같은 거 말이야."

"그게 왜 수수께끼라는 거지?"

조지프는 진료일지를 확인했다.

"왜냐하면 다섯 달쯤 전에, 네가 네 입으로 아버지가 그 전쟁에 참전한 적이 결코 없다고 얘기했었으니까."

"말도 안 돼."

"리치, 하지만 여기 그렇게 적혀 있어."

"꺼져." 뒷걸음질치며 리치몬드가 말했다. "내가 거짓말쟁이라는 거야?"

"그런 말이 아니라."

"지금 그런 말이잖아."

"아니야."

"내가 거짓말쟁이라고 생각한다면 까놓고 말해. 겁쟁이처럼 굴지 말고."

"겁쟁이라니?" 조지프가 의자에서 일어나 리치몬드와 눈높이를 맞추며 말했다. "나는 너를 도와주려는 거야."

"너도 페니 베인과 다를 게 없어, 이 겁쟁이 새끼야. 씨발, 내

아내랑 자고 돌아다니는 페니 베인."

"나도 그 소문은 알고 있어."

"알고 있다고?"

"온 뉴욕이 다 알고 있는 사실이야, 이 사람아." 조지프가 허공에 손을 휘저으며 말했다. "넌 지금 자신에게만 너무 빠져 있어. 주변에 무슨 일이 벌어지고 있는지도 모르고 말이야."

리치몬드는 넓은 진료실을 왔다갔다하면서 벽에 걸린 그림 액자부터 조지프의 위압적으로 커다란 책상 위에 놓인 물건 들 ― 명함상자, 투박한 전화기, '리치몬드 J. 워커'라고 쓰인 하얀 라벨이 붙은 두꺼운 파일 ― 을 눈으로 훑었다.

"자신한테만 빠져 사는 건 바로 너야. 조지프, 네가 만든 이 겁쟁이 세상을 한번 보라고."

"그래, 우린 모두 겁쟁이야."

"난 아니야." 친구를 향해 위협적으로 손가락질을 하며 리치몬드가 말했다. "왕년에 나는 복싱 챔피언이었어."

"리치, 너는 복싱 글로브조차 끼어 본 적이 없어."

"뭐? 지금 죽고 싶어?"

리치몬드가 뒷걸음질치자 자신과 조지프 사이의 간격이 더 벌어졌다.

"그만 해, 리치."

"무슨 엿 같은 소리야! 너 미쳤나?"

"리치, 네가 태어나서 지금까지 단 한 번이라도 복싱시합에 출전한 적 있었어?"

리치몬드는 벽에 손을 짚고 서서 자신을 진정시켰다.

"조지프, 너 정말 미쳤구나."

"괜찮아, 리치. 이해해. 넌 힘든 삶을 살아왔으니까." 리치몬드에게 조용히 다가가며 조지프가 말했다. "너무 힘들어서 뭐가 뭔지 정확히 잘 모르겠는 거야."

"거짓말쟁이."

"리치, 저기 파일에 모두 기록되어 있어. 알아. 너의 아버지는 너에게 큰 상처를 줬어. 하지만 더이상 아버지가 물려준 무엇 때문에 너의 여생을 망가뜨리지는 마."

"거짓말!" 리치몬드는 더듬거리며 말했다. "내 아버지는 훌륭한 분이셨어. 아버진 너처럼 겁쟁이가 아니라 전쟁 영웅이셨다

고."

"아니야, 리치. 겁쟁이는 너야." 고개를 저으며 조지프가 말했다.

'겁쟁이'라는 단어가 리치몬드를 벽 쪽으로 몰아부쳤다. 순간 조지프의 두 눈 역시 무거운 닻처럼 바닥으로 떨어졌다. 그는 전문가가 지켜야 할 선을 넘어서버리고 만 것이다. 그러나 마음은 훨씬 가뿐해져 있었다. 답답한 상자에서 벗어난 기분. 비로소 이제야 진짜 남자처럼 자유롭게 이야기할 수 있는.

"미안해. 하지만 리치, 지금의 너는 일 년 전에 나를 찾아왔던 그 리치가 아니야. 그래, 네 말대로 나는 더이상 너를 도와줄 수가 없을 것 같다."

순식간에 리치몬드의 거칠고 날카로운 주먹이 사무실의 답답한 공기를 가르며 조지프의 광대뼈에 꽂혔다. 쿵, 조지프는 카펫이 깔린 바닥으로 벌렁 나자빠졌다.

"나는 겁쟁이가 아니라고 말했잖아, 이 씨발놈아!"

리치몬드는 책상에서 자신의 진료파일을 집어들고는 오래된 친구이자 의사였던 조지프를 연약한 세계에 내팽개친 채 서둘

러 진료실을 빠져나갔다.

거리로 나서면서, 그는 파일을 꼭 쥔 채 수년 만에 처음으로 눈물을 흘렸다.

✿ ✤ ✿ ✤

발레리는 미용실에 가는 것을 끔찍하게 사랑했다. 매번 새로운 결혼식을 준비하는 기분이랄까. 그녀의 임신한 스타일리스트인 제니스가 발레리의 머리카락에 굵은 컬을 말고 있는 동안, 그녀는 오늘 밤 온 우주가 긴 레드카펫처럼 자신 앞에 펼쳐지는 상상을 했다. 마치 오십 년대의 뮤지컬 여주인공처럼 파스텔의 세상에 둘러싸이는. 모든 목소리들이 반짝반짝 빛나게 될 오늘 밤, 함께 노래부르고 환희의 숨을 내쉬게 될 터였다.

나는 사랑에 빠졌어, 그녀는 머릿속으로 음정을 벗어난 목소리로 노래를 불렀다.

거울을 통해 제니스의 불러오는 배를 보면서 그녀는 다른 여자들의 삶은 어떨까 궁금해졌다. 평범한 여자들을 볼 때마다 찢어진 팬티스타킹, 더러운 커피 머그잔, 카펫 얼룩 등을 떠올리곤 했던 그녀였다.

"제니스, 서둘러줘." 대기석에서 한 늙은 부인이 소리쳤다. "나, 거의 십오 분이나 기다렸어."

먼지털이처럼 부풀어오른 빨간 머리의, 끔찍하게 늙어버린 그 여자는 다시 신문을 읽기 시작했다. 저런 여자만 보면 질식할 것만 같았다. 저런 여자의 속은 낡은 진공청소기의 내장 같겠지, 발레리는 생각했다.

"제니스!" 노파는 다시 소리쳤다. 오페라에나 나올 법한 길들여지지 않은 동물처럼 그녀는 전혀 교양 없이 커다란 목소리로 말했다. "이건 비극이야. 비극이라고!"

"뭐가요?"

제니스가 물었다.

"페니 베인이 파산했다잖아."

발레리는 고개를 홱 돌렸다.

"뭐라고요?"

"정말 끔찍한 일이네요." 제니스가 사무적으로 말했다.

"정말 끔찍해, 그치?" 노파는 여전히 신문에서 눈을 떼지 않

은 채 말을 이었다. "여기 온통 그 얘기뿐이야."

발레리는 제니스의 손을 치우고 자리에서 벌떡 일어났다.

"왜 그러세요?" 제니스가 한 걸음 물러서 자신의 배를 감싸며 물었다.

발레리는 숨을 몰아쉬면서, 통제할 수 없이 떨리는 손으로 지갑에서 십 달러짜리 지폐뭉치를 꺼내 빈 의자에 올려놓았다. 머리 한쪽만 컬이 들어가 있는 상태였지만, 그녀는 주먹을 꼭 쥐고 도망치듯 미용실을 빠져나왔다.

밖으로 나온 그녀는 지역신문들이 꽂혀 있는 가판대 앞으로 달려가 웅크리고 앉았다. 그러고는 신문 하나를 뽑아서 보도 위에 펼쳐놓았다. 실종된 아이를 찾는 어머니처럼 눈물이 그렁그렁한 눈으로 그녀는 신문을 뚫어지게 쏘아보았다.

사실이었다. B-2면에 페니가 완전히 파산했다고 나와 있었다.

발레리는 B-2면을 품에 꼭 안은 채 바닥으로 천천히 무너져 내렸다. 지나가던 젊은 커플이 그녀를 돕기 위해 다가왔지만, 그녀에겐 더이상 아무것도 보이지 않았다. 그녀의 눈에 보이는 거라곤 어느새 그녀 앞에 닥쳐 올 더러워진 포크와 얼룩진 창문들 뿐이었다.

　　　　　　　　🦋

　리치몬드가 권총을 들고 제이콥의 방을 박차고 들어왔을 때, 제이콥은 침대에 누워 그날 밤의 두번째 책을 읽던 중이었다. 머리 위에 우뚝 서 있는 아버지는 달빛을 받아 그리스 신화의 영웅처럼 보였다.

　"난 겁쟁이가 아니야." 리치몬드는 조용히 말했다. "너희들 모두가 어떻게 생각하든 간에, 난 겁쟁이가 아니야."

　제이콥은 코밑까지 이불을 걷어올렸다.

　"난 겁쟁이가 아니야." 리치몬드가 다시 말했다. 초조하면서도 리드미컬한 음색이었다. "나는 결코 겁쟁이가 아니라고!"

　제이콥은 고개를 끄덕였다.

　"내가 겁쟁이가 아니라는 걸 모두에게 증명해주지."

　우아한 몸짓. 리치몬드는 벽에 기대어 자신의 입에 총구를 물었다.

　그때, 문이 거세게 열리고 발레리가 방 안으로 뛰어들어왔다.

그녀의 머리는 미친 광대처럼 엉망으로 헝클어져 있었다. 남편은 입 안에 총구를 넣은 채 침대 위에서 조용히 흐느끼고 있는 아들을 내려다보고 있었다.

"오 하느님!" 그녀는 울부짖으며 리치몬드를 향해 몸을 던졌다.

둘은 엉킨 채 바닥에 쓰러졌고, 그 바람에 리치몬드는 권총을 떨어뜨렸다.

"여긴 왜 왔어?" 리치몬드는 몸을 일으키려고 버둥거리면서 소리쳤다. "지금쯤이면 그 새끼랑 결혼식을 올렸을 줄 알았는데."

"나는 페니를 사랑하지 않아요!" 그녀는 방 안 가득 술 냄새를 풍기며 소리질렀다.

"뭐?"

"미안해요. 난 정말 몹쓸 아내였어요. 몹쓸 엄마였어요." 그녀는 거의 뒤집힌 눈으로 남편을 바라보면서 말했다. "게다가 나한테서는 역겨운 냄새가 나요!"

"그 새끼를 사랑한다고 했잖아." 리치몬드는 그녀의 팔을 잡고 말했다. "나를 버리려고 했잖아!"

"리치몬드, 난 그럴 수 없어요. 그럴 수 없어요. 그냥 그럴 수가 없어요." 그녀는 두 손을 모아 간청했다. "혼자… 살 수 없어요."

"닥쳐! 가버려, 페니한테 가버려. 지금 당장!"

"제발, 당신 곁에 있게 해주세요." 그녀는 애원했다.

"가라고!" 리치몬드는 권총을 줍기 위해 바닥을 훑어봤다. "당장 나가지 않으면 당신부터 먼저 쏠 거야."

"그만 해요."

소란을 가르며 제이콥이 조용히 말했다.

리치몬드는 아내의 팔을 잡은 채 소리나는 쪽을 바라보았다. 침대 위에 올라선 제이콥이 무덤덤한 표정으로 권총을 머리에 대고 있었다.

"아버지, 나는 겁쟁이가 아니에요."

나직한 그 말을 끝으로 제이콥은 방아쇠를 당겼다. 그 순간, 총에서는 아무것도 발사되지 않았고, 방아쇠가 제자리로 돌아가는 공허한 소리와 용기라는 희미한 냄새만이 처음으로 집 안을 감돌았다.

spring, 2001

## 스트로베리 필즈 포에버

## Strawberry Fields Forever

The white lines disappear beneath my seat.

하얀 선들이 밑으로 사라진다. 순식간에 스쳐 지나간다. 아무런 의미도 지니고 있지 않다는 것을 알고 있다. 마이크가 가속 페달을 밟자, 선들은 더 빨리 사라지기 시작한다. 나는 숫자 세던 것을 멈춘다. 열여덟.

어젯밤 라이터를 잃어버렸다. 어쩌면 부싯돌이 망가졌을지도. 차내의 라이터 역시 고장 나 있었다. 마이크는 자신이 피우던 담배를 내게 넘긴다. 우린 계속해서 불꽃을 서로에게 건네야

한다. 지옥으로 직행하는 릴레이 경주.

 목을 비트는 것 같은 고통이지만, 한참을 빨아들인다. 폐는 저항하고 있지만, 한동안 연기를 폐 속에 둔다. 그러다 더이상 내쉴 것이 없어진다. 연기는 알아서 어딘가를 통해 빠져나간다.

"어떻게 되는 거지?"

나는 묻는다.

마이크는 조용히 운전한다. 듣지 않고 있는 걸까?

그때 그가 말한다.

"장례식까지 기다리는 거지, 뭐."


 나는 차선을 다시 세기 시작한다. 차 밑으로 빨려들어가는 듯한 모습이 재미있다. 손으로 물고기를 잡듯, 그 선들은 매번 다리 사이로 도망치고 난 번번이 뒤돌아본다. 어렵다. 저 선들도 우리가 향하는 방향으로 가본 적이 있는지 궁금하다. 우리가 도로의 어느 쪽에 있건 간에 선들은 언제나 우리와 반대 방향으로 달리기에.

 우리는 별말이 없다. 나는 발밑에서 아이스 티 병을 집어든다.

"이거 누구 거야?"

"몰라. 내 거 아냐."

제자리에 내려놓는다. 누가 먹다 만 건지 궁금하다. 병 전체가 더러운 것을 보니 오래된 것 같다. 신호등이 빨간불로 바뀌고, 나는 창문 밖으로 담배를 튕겨 던진다.

차가 잠깐 멈춘 그 순간, 견딜 수 없을 정도로 무거운 정적이 밀려든다.

"있잖아." 정적을 깨기 위해 내가 먼저 말을 꺼낸다. "인생이 고속도로라면 빨간불도 없을 텐데."

마이크는 고개를 돌리지 않는다. 아마 관심 없는지도 모른다. 아무래도 상관없다.

"빨간불. 신호등이 있어서 우리가 때때로 멈춰서 숨을 돌릴 수 있는 거잖아. 담배를 한 대 태울 수도 있고. 달려온 길에 대해서 그냥 한번 생각해볼 수도 있을 테고. 아마도, 정말 가정일 뿐이지만, 인생에 있어서 이런 빨간불은 좋은 걸지도 몰라."

곁눈질을 해보니 마이크가 고개를 끄덕이는 게 보인다. 이제

야 내 말을 듣고 있다. 그러나 나는 말을 멈춘다. 더이상 할말이 없다. 라디오를 켠다.

우리는 세 개의 조각이 모두 만났을 때 비로소 하나가 되는 아이들이었다. 이 허름한 중고차에 우리가 함께 있을 수도 있었다. 데이먼과 나는 라디오 주파수 결정권을 차지하기 위해 조수석을 두고 실랑이를 벌였을 것이다. 라디오를 이렇게 아무 간섭 없이 내버려두는 일은 결코 없었을 것이다. 힙합, 록, 클래식으로 변덕스럽게 채널을 돌려가며 음악을 농구공처럼 주무르며 주고받았을 것이다.

그러나 지금 이 순간, 우리 둘에게는 아무 소리도 없다.

눈물 방울이 마이크의 뺨을 타고 흐른다. 나는 그것을 보지 않기 위해 밖으로 고개를 돌린다. 한참 지났지만 머릿속에 그 눈물이 자꾸 맴돈다. 진한 얼룩 같다. 나 역시 마이크처럼 내가 느끼지도 못하는 사이, 울고 있는 건 아닐까.

이제야 음악이 귀에 들어오기 시작한다. 비틀즈의 곡이다. 레논이 부르고 있다.

Let me take you down
당신을 데려가게 해주세요
'cause I'm going to Strawberry Fields
왜냐하면 나는 스트로베리 필즈에 갈 거거든요

마이크도 음악을 듣고 있는 것처럼 보인다.

데이먼은 비틀즈의 광팬이었다. 이 노래를 좋아했는지는 모르겠다. 어쩌면 내 친구 데이먼도 스트로베리 필즈에 간 것인지 모르겠다는 생각이 든다. 그래서 나는 이 노래에 점점 더 깊숙이 빠지게 될 것 같다는 생각도 한다.

"있잖아." 마이크가 갑자기 말한다.

나는 고개를 돌리지 않고 대답한다.

"응?"

"빨간불 때문에 서게 되면, 지나온 길 따윈 돌아보지 않을 거야. 그냥 더이상 멈출 일이 없었으면 좋겠어."

멈출 일이 없었으면 좋겠다는 그의 말에 내 몸은 차의 속도와 상관없이 더욱 빨라지고 있다는 기분이 든다.

winter, 1999

 이 책에 쓰인 사진들은 모두 뉴욕에서 촬영한 사진들입니다

사진 도움주신 분들

이경란

이선민

이병률

**당신의 조각들**
ⓒ 타블로 2008

|**1판 1쇄 발행** 2008년 11월 7일
|**1판 12쇄 발행** 2023년 5월 30일

|**지은이** 타블로

|**책임편집** 변규미
|**편집** 김지향 김진경 김교석
|**마케팅** 정민호 박치우 한민아 이민경 정경주 박진희 정유선 김수인
|**브랜딩** 함유지 함근아 김희숙 고보미 박민재 정승민 배진성
|**제작** 강신은 김동욱 임현식

|**펴낸이** 이병률
|**펴낸곳** 달 출판사
|**출판등록** 2009년 5월 26일 제406-2009-000034호
|**주소** 10881 경기도 파주시 회동길 455-3
✉ dal@munhak.com
🐦f📷 dalpublishers

|**전화번호** 031-8071-8683(편집) 031-955-8890(마케팅) | **팩스** 031-8071-8672

ISBN 978-89-546-0690-5 03810

● 이 책의 판권은 지은이와 달에 있습니다. 이 책 내용의 전부 또는 일부를 재사용하려면 반드시 양측의 서면 동의를 받아야 합니다. 달은 (주)문학동네의 계열사입니다.

● 이 도서의 국립중앙도서관 출판시도서목록(CIP)은 서지정보유통지원시스템 홈페이지(http://seoji.nl.go.kr)와 국가자료공동목록시스템(http://www.nl.go.kr/kolisnet)에서 이용하실 수 있습니다. (CIP제어번호: 2008003238)